克拉克森的农场 4
自食其果

[英国] 杰里米・克拉克森 著
邓颖思　严翠雯 译

译林出版社

图书在版编目（CIP）数据

克拉克森的农场. 4，自食其果 /（英）杰里米・克拉克森（Jeremy Clarkson）著；邓颖思，严翠雯译. 南京 ：译林出版社，2025. 6. --ISBN 978-7-5753-0657-7

Ⅰ. I561.65

中国国家版本馆CIP数据核字第2025R8U936号

著作权合同登记号　图字：10-2025-56 号

克拉克森的农场4：自食其果
［英国］杰里米・克拉克森 / 著　邓颖思　严翠雯 / 译

责任编辑　朱雪婷
装帧设计　日　尧
校　　对　施雨嘉
责任印制　单　莉

原文出版　Michael Joseph, 2024
出版发行　译林出版社
地　　址　南京市湖南路 1 号 A 楼
邮　　箱　yilin@yilin.com
网　　址　www.yilin.com
市场热线　025-86633278
排　　版　南京展望文化发展有限公司
印　　刷　苏州市越洋印刷有限公司
开　　本　787 毫米 ×1092 毫米　1/32
印　　张　6.625
插　　页　2
版　　次　2025 年 6 月第 1 版
印　　次　2025 年 6 月第 1 次印刷
书　　号　ISBN 978-7-5753-0657-7
定　　价　48.00 元

目录

夏

现在是养鸵鸟的时代

没错，这是一场彻头彻尾的灾难。去年夏天又热又干，持续时间如此之长，以至大地变得比经钻石强化的花岗岩还硬。要是我向地面发射一枚穿甲型“地狱火”导弹[1]，最多只会炸出一个小坑。而等到有足够的降雨使土地变得充分松软，可以播种油菜时，跳甲[2]已经饿疯了，一口气把所有油菜籽啃食殆尽。

我们在种子上花了3 000英镑，而今被迫认栽，改种燕麦。我不确定它们长势如何，因为我此前从未种过燕麦。但我注意到：有天晚上去酒吧时，田里的燕麦还是绿色的；而过了一个多小时我回到家后，它们竟然都变成类似助听器色彩的米黄色。这意味着它们极其突然地都枯死了。这也许不是什么值得大惊小怪的事，但不做燕麦粥生意的我有一种不好的预感——这八成不正常。

1 “地狱火”导弹，一种空对地、激光制导、亚音速导弹，具有强大的反坦克能力。

2 跳甲，俗称土跳蚤、黄跳蚤，广泛分布于世界各地的常见作物害虫，对油菜等十字花科植物危害尤其严重。

再来说说春大麦。科茨沃尔德[1]的丘陵地带遍布碎石，从来就不是种植春大麦的好地方，但我们需要它来酿造鹰石啤酒[2]，因此无论如何还是硬着头皮继续种了。然而，今年的情况看起来特别棘手。

你可能还记得，今年春天特别寒冷，因此大麦生长得并不理想，顶部麦穗小得出奇。接着，6月酷热难耐，导致每株植物都长出了新芽。这些新芽抢走了本该流向珍贵麦粒的所有养分。我的农业顾问“开心查理”告诉我，今年收获的大麦极有可能不符合麦芽制造商的标准，只能以每吨三便士的价格作为动物饲料出售。想到今年的施肥成本，我整个人都绝望得像被掏空了一样，牙齿也因担忧而不安分起来。

你也应该感到担忧，因为我们并不是唯一面临这种困境的人。许多邻近的农民告诉我，他们的春大麦也遇到了一模一样的问题，这意味着啤酒价格将会飞涨。到时候，一杯啤酒可能比一辆中型掀背车还贵。毫无疑问，今年秋

---

1 科茨沃尔德（Cotswolds），英格兰中部西南边的一个地区，作者的“不足道”农场就在这里。

2 鹰石啤酒（Hawkstone），作者于2021年创立的啤酒品牌。

天，报纸上会出现很多报道，每个人都会抱怨，把这当作“生活成本危机再次冲击绿色社区中的辛勤家庭”的又一力证。所有人都会将责任归到脱欧、保守党和政客头上，但真正的原因是气候变化。

说到气候变化，就不得不提到小麦了。自镰刀耕作和征收什一税[1]的时代以来，英国农民就一直种植用于做面包的制粉小麦。这种小麦非常适合我们的气候，大家都很满意。

但现在，气候变了。正因如此，三年前我们开始种植硬质小麦，这种小麦主要用来做意大利面。通常情况下，这种小麦只在意大利、印度、巴基斯坦和土耳其这些地方生长。这种作物和英国的照片墙[2]网红一样，喜欢漫长又炎热的夏日。因此，你可能会理所当然认为，在牛津郡高地种它，注定会失败得一塌糊涂。

但事实并非如此。如果你能通过后脱欧时代的加来[3]

1 什一税，犹太教、基督教中信徒所做的宗教奉献。在中世纪，教会向成年教徒所征收的捐税也被称为什一税、什一奉献、什一捐。

2 照片墙（Instagram），欧美流行的一款可以分享照片、视频的社交媒体软件。

3 加来，法国北部大西洋海滨城市，是法国本土距离英国最近的城市之一。

海关获取种子——最现实的办法是找一个年轻的阿尔巴尼亚小伙儿，用他的充气船偷偷运过来——这种小麦其实长得很好。

据某些报道所说，我们刚刚经历了有史以来最热的6月。很显然，这并非事实。始新世早期[1]的气候比这要热得多。当时的鳄鱼甚至在阿拉斯加生活。但让我们暂且接受这个夸大其词的气候变化论调，承认2023年6月确实温暖宜人。我们的硬质小麦因此长势喜人。

此外，还有更多好消息。在康沃尔，一个种植茶叶的家族把生意做得风生水起，随之投入了17.5万英镑购置一台太阳能驱动的机器人采茶机。在德文郡，一位农民现在拥有占地50英亩[2]的核桃和榛子林。而在英格兰南部，到处都涌现出能生产超高品质葡萄酒的葡萄园。

我知道你听过这些故事，并且嗤之以鼻。但请喝一瓶不足道农场生产的气泡酒——刚从马路那头买来的——然后告诉我，酩悦香槟就真的更好喝吗？

1 始新世早期，距今5 780万至5 200万年，气候温暖，生物多样性迅速增加。

2 1英亩约等于0.4公顷。

如果我是卡莱布·库珀——我的拖拉机驾驶员，刚刚进入农业世界的年轻小伙儿——我不会考虑种大麦、小麦和油菜。我会考虑种橙子和柠檬，开辟桃园和鸵鸟养殖场，并用骆驼取代所有的奶牛。

在我看来，这是应对气候变化最明智的方法。不要慢悠悠地在伦敦富人区游行，也不要向画作撒橙色粉末。更别让青春年少的孩子面向全世界，愤怒地咆哮什么“被偷走的梦想”。[1]直接适应就好。

想想上一次冰河时期结束的时候，人们会继续穿着厚重的牦牛外套，在肯特郡坐着，抱怨菜单上没有猛犸象吗？当然不会。他们换上了山羊皮做的兜裆布，发明了面包。

人类擅长这个。福特的老板不会说：“没人再想买我们的T型车了。我们完了。”他们会改善，与时俱进。而那些没有进步的公司，如英国利兰，他们坚持生产原版迷你车长达41年，甚至在原版路虎卫士上荒唐地坚持

1　此处指格蕾塔·通贝里（Greta Thunberg），瑞典激进环保主义者。她出生于2003年，在15岁时发起“周五为了未来”的气候保护活动，该活动迅速蔓延至多个西方国家。西方舆论界对格蕾塔褒贬不一。

了68年——最后都被其他不曾拥有伯明翰心态的公司吞并了。[1]

连动物都能为了适应环境而进化。例如澳洲的红冠灰凤头鹦鹉，为了散热，它们的喙比100年前大了10%。与此同时，在特克斯和凯科斯群岛，蜥蜴的后腿变小了，以便在不断侵袭的飓风中用前腿抱紧树干，像旗子一样随风飘动。农民们应该从中吸取经验。

珊瑚也是如此。大卫·爱登堡[2]爵士反复告诉我们，印度洋和加勒比海有部分梦幻般的岛屿水域过热，导致这些微小的海洋生物被“漂白”，失去原有的功能。没错，这令人感到无比惋惜，但解决办法也很简单：搬到水温较低的地方，比如亨伯河口。我知道赫尔市[3]无法与马尔代夫相媲美，但总比灭绝好吧。

正因如此，我放弃了曾用来吸引斑鸠的土地，它们

1 利兰公司就在伯明翰。

2 大卫·爱登堡（David Attenborough），英国著名播音员、生物学家、自然历史学家、作家，被誉为世界自然纪录片之父。他与英国广播公司的制作团队一起实地探索地球上已知的各种生态环境，代表作有《生命故事》《生命之色》等。

3 赫尔市，英国东海岸港口城市，位于亨伯河口北岸。

已经迁徙到了其他地方。而我无能为力，甚至也不应该为此做什么。我会转而尝试吸引那些会喜欢英国新气候的鸟类，例如紫胸佛法僧、威氏极乐鸟和鹦鹉之类的。[1]

1 这三种鸟都主要分布在气候温暖、炎热的地区。

乡村小镇的印度咖喱梦[1]

1　原文为Chipping Tikka Masala。Tikka Masala是一道深受英国人喜爱的印度菜，常被视为英国“国菜”之一，象征着多元文化中的美食融合，而作者的农场坐落于Chipping Norton。标题一语双关，巧妙地将地名与烹饪文化结合。

25年前，当我搬到科茨沃尔德时，来自伦敦的游客总会大惊小怪。在按下电灯开关，瞬间照亮乡村的黑暗后，他们会惊呼：“你们这儿竟然有电！”是的，而且如果你打开水龙头，还会有可饮用的自来水流出来呢。

不过，他们随后会指出一个无法忽视的问题：他们绝对无法在这里生活，因为泥泞和驱鸟器已经够糟了，更别提这里竟然没有像样的餐厅。在这一点上，我不得不承认他们说得有道理。那时的确有几家餐馆，但大多是满足周年纪念或生日派对需求的地方，菜单上有炸鳕鱼条配柠檬片和一些装饰用的水芹草。还有一些针对老年人群体的餐馆，会自你预订餐位那一刻起开始煮菜。

然而，大约15年前，一切都变了。一对年轻夫妇买下了名为“金汉普”的小酒馆，并开始做一些真正让人想放进嘴里的食物。主厨曾在名厨赫斯顿·布鲁门撒尔的肥鸭餐厅接受培训，他们周日午餐时的热闹氛围非常棒，很快酒馆便获得了米其林“必比登美食家推荐奖”。

金汉普的巨大成功使得其他人也着手购买酒馆，并聘请厨师做牧羊人派、炸鳕鱼和美味的汉堡。当伦敦人发现这里的水干净无杂质，照明不靠蜡烛，且有正经食物时，他们开始搬到这里，并且许多人选择以买下一家酒馆作为在这里开始新生活的标志。

如今，这里到处都是酒馆。我可以点燃一个派对用的纸灯笼，无论风往哪个方向吹，它几乎都会落到某个屋顶铺着茅草的酒馆上，并把它烧掉。在我农场方圆十英里[1]之内，还有三家私人会员制俱乐部，他们会在你抵达时用贴纸封住你的手机镜头，并用丑陋的高尔夫球车接送你。而这还不包括“苏荷农舍”[2]——当地人叫它“傻×之家”。

我对那些俱乐部并不感兴趣。我不需要感受“科茨沃尔德风情”——我就住在这里。但我对酒馆可不是这么无所谓。如今，这里至少有12家非常优秀的酒馆，我可以用头磕到低矮的横梁，喝上一品脱[3]非常优质的啤酒（我亲手酿的），再配上一份牧羊人派、一条炸鳕鱼或一个美味汉堡。

1　1英里约等于1.61千米。

2　苏荷农舍，英国牛津郡的一家高端乡村度假会所。

3　1品脱（英制）约等于568.26毫升。

上周末，查尔伯里又开了一家新酒馆，名叫“公牛”。它的经营者曾在纽约凭借其待客之道备受追捧。如今，虽然他的啤酒并不怎么样（不是我酿的），但他在自家田园诗般的花园里供应美味的烤蘑菇（用的是我的蘑菇），招待了一群满眼放光的前伦敦人。

我上周末也在那儿，一位朋友环顾啤酒花园后注意到，那个地方聚集了比诺丁山当地还多的诺丁山居民。再过几周，来自戴尔斯福德的卡罗尔·班福德[1]会在隔壁开一家名叫“钟楼”的酒馆（会供应我的啤酒）。

有人说，科茨沃尔德如今已经成了伦敦的汉普顿，但实际上这里比汉普顿强多了。一年中有40个周，汉普顿死气沉沉、寒冷可怖、大门紧锁，而科茨沃尔德全年都热火朝天。夏天的酒馆花园里满是玫瑰红葡萄酒和欢声笑语，冬天则有壁炉、牧羊人派和猎枪。

作为本地人，我不得不说这非常了不起。但我担心这些优秀的酒馆很快会缺乏有钱人光顾。没错，不久后，北

1 卡罗尔·班福德（Carole Bamford），英国知名企业家、环保倡导者，戴尔斯福德有机（Daylesford Organic）品牌的创始人。这是一个以有机农业和可持续发展为核心的高端品牌，涵盖食品、家居用品和健康产品。

牛津郡可能会出现“阔佬短缺”，我们可能需要在《伦敦晚旗报》甚至《广告周刊》上登广告：“北牛津郡急需土豪！请带上孩子，让他们当服务员。”

接下来，我们得向地方议会申请，停止在这一地区轰炸式建造廉价住房，转而建设阔佬别墅：带游泳池、网球场和直升机停机坪的豪宅。

不过，目前来看，科茨沃尔德几乎是完美的。这里的乡村景色虽然不如约克郡那般壮丽，但我的天啊，它真的很美。和蔼的一对对夫妇穿着不讨人厌的裤子，[1]在花园里的雪松树下与朋友闲聊；他们的孩子则在一边忙着用吸毒和谈情说爱来消磨时间。而村庄也美得让人心醉，紫藤环绕着低梁小屋，酒馆里供应着牧羊人派、炸鳕鱼以及美味的汉堡。

但还差一点，那就是多样性。我并不是说这里需要一个接收叙利亚难民的移民中心或一座时髦的新寺庙，但我确实希望有一家中餐馆或日式寿司店。任何能让我从酒馆里那种传统英式菜肴中喘口气的东西都好。

1 作者特别讨厌穿红裤子的中老年村民，觉得他们整天没事找事，专爱给别人添堵。作者在为自己的农场申请规划许可时，曾遭到他们的反对。

在任何一个小镇或城市，人们在外出就餐时都有巨大的选择空间。你可以吃伊朗菜、意大利菜或者巴西菜。尝遍了这些之后，你还可以去那些供应融合菜的餐厅，点上一道蒙古风味的秘鲁菜——有人要试试牦牛奶炖豚鼠吗?

因此，我在今天呼吁：伦敦那些经营正宗印度餐厅的人——尤其是赫里福德路上的杜巴餐厅团队——有没有兴趣在科茨沃尔德开店？虽然我们这里的牧羊人派和美味汉堡已经够棒了，但一周中总有某个时刻，一份正宗的马德拉斯咖喱鸡肉才是解馋的最佳选择。

秋

全球变暖请假了

我刚打开照片墙，就看到《乡村生活》节目主持人亚当·亨森一脸得意地告诉我们，他的玛丽斯·奥特大麦通过了所有测试，即将送去麦芽厂加工，酿成他要推出的一款新啤酒。真不知道他是从哪里得到这个灵感的。

好吧，亚当，为你高兴。然而，我的大麦没有通过测试，所以它不会被送到麦芽厂，也不会出现在你的下一杯鹰石啤酒里。实际上，它的最终归宿是成为猪饲料。

至于我的小麦，情况也差不多。三年前，我决定不再抱怨全球变暖，而是种植一个喜温的品种。我从意大利进口了一些硬质小麦种子，满心期待着我的田地里能长出意大利面。

一开始还挺顺利。可今年，全球变暖好像请假了。春天冷得离谱，整个7月和8月基本上都在毛毛细雨中度过，稍微停一下又变成倾盆大雨。结果是：我的小麦也没达标，所以它和我的大麦一样，进猪肚子里去了。

不过，可以肯定的是，这些猪会变得非常健康，而且很可能会一直健康下去。因为我们的本地屠宰场刚刚宣布它将被改造成可持续生态住宅，供社区内辛勤工作的年轻家庭居住。我唯一的选择是每周开一个半小时的车，把猪送到一个靠近威尔士的屠宰场，然后第二天再去取回来。每周如此，直至永远。但是这不仅在经济上行不通，对猪来说也不太友好。所以现在我面临两个选择：要么卖掉它们，要么举办一场盛大的培根三明治和猪排派对，还可以给孩子们发火腿帽玩。

你可能早就听腻了农民的抱怨。我最近遇到一位老农民，他说，在他60年的农耕生涯中，只有两次收成是他会用“好”来形容的。而今年是肉眼可见的糟糕，尤其是考虑到种植成本飙升。去年，由于乌克兰战争和随之而来的通货膨胀，我在种子、化肥和农药上的投入，从通常的4万英镑飙升到11万英镑。我唯一的指望就是天气给点儿力。但天气并没有。

务农的第一年，我赚了114英镑，当我得出今年的数字时，114看起来就像是在做梦。

难怪我最近听说，一位年轻农民在完成收割后，在花园里挖了一个坑，然后开枪结束了自己的生命。像亚当·亨森那样能顺利种出东西的人还算幸运，而像我这样还有亚马逊的收益作为后盾的人也勉强过得去。[1]但对其他成千上万的农民来说，2023年简直是一场灾难。

那么，接下来会怎么样呢？当政府痴迷于碳排放零目标时，他们积极游说农民停止种植粮食作物，这显然是荒谬的。我们知道气候正在发生变化，但对未来的具体情况毫无头绪。那我该投资种烟草还是种水稻？我们国家的各种标准和官僚主义，就像电影《粉红豹》中的克托那样，随时会从角落里跳出来，狠狠地把你打翻在地。

今年早些时候，我把一个二战时期的防空洞改造成了小型蘑菇种植场。我主要种植平菇，这在当地酒馆和我们的汉堡车里都很畅销。但莉萨[2]建议我试着种植一种叫作猴头菇的食用菌，她说这种蘑菇在那些又瘦又有钱的女性中很受欢迎。起初我拒绝了，但当她提到150克能卖35英镑时，我马上改变了主意。

于是，我分出了三分之一的种植空间给猴头菇，它们

1 作者与亚马逊公司合作的《克拉克森的农场》节目是该平台最成功的真人秀之一，收视与口碑均表现良好。

2 莉萨，全名莉萨·霍根（Lisa Hogan），英国模特、演员，作者的女友，在农场里主要负责农场商店的运营。

的长势不错。我采摘、脱水，并将它们打成粉末——这些又瘦又有钱的女性喜欢往咖啡里加奇怪的东西，尽管我完全看不出那对健康有什么帮助——然后送了一些样品去食品检测机构。

结果，样品没通过检测。不仅如此，一种闻起来像腐烂的山羊肛门的奇怪霉菌入侵了种植场。我不得不进去把它们彻底清理掉，这意味着我在防护面罩里火山爆发式地呕吐了整整一个小时。所以在过去的两周里，我一朵蘑菇也没种出来。

尽管如此，我还有燕麦粥。去年秋天种油菜失败（又损失了3 000英镑）后，我种了燕麦。现在，一部分燕麦已经脱壳。我还买了一台木制的燕麦轧辊，用台钳固定在厨房的操作台上，这样每天早晨我就可以自己碾燕麦片来吃了。自买了山葵研磨器以来，我从未感觉自己如此“中产”。

但是你会想每天早上亲手碾燕麦片做粥吗？不会吧。我也不想。这就是为什么我只能以每吨200英镑的价格出售我的燕麦。因为你们早餐时更想吃脆谷乐[1]。至于我的山

1　脆谷乐，英国常见的一种复合谷物麦片，佐以牛奶便是常见的早餐。

羊，如果我试着按照养殖成本的价格卖给你，你问一句“多少钱？”后就会转身走向麦当劳。

所以我尝试了传统农业，但没成功。我试过多元化经营，也没什么起色。我还试过养羊、养猪和养牛，同样是一场灾难。于是我站在人生的十字路口，不知道该走哪条路。

我可以卖掉农场，靠利息生活，这收入远超种植面包、啤酒和植物油原料作物的收益。但我喜欢拥有这个农场，而且是出于非常充分的理由——农用土地没有遗产税。所以我的孩子们也希望我保留它。这意味着我得继续守住农场，可是接下来呢？什么都不做吗？那太令人心碎了。我必须做点什么，但做什么呢？

我一整周都在琢磨这个问题。然后，周五晚上，我的土地经纪人“开心查理”过来喝了一杯茶。他告诉我，他已经买下了接下来的9个月需要的所有肥料，而卡莱布已经开始在地里播种覆盖作物[1]。“这些作物会给土壤补充氮

1 覆盖作物，主要的经济作物收获后，种植在地表，起到保护土壤、增加肥力、控制杂草、增强土壤持水能力、提高农田生物多样性等一系列作用的植物。

元素。”他兴奋地说道。

就这样，农业的循环再次开始了。而我正在种氮。据说，配上点儿百搭的HP酱[1]，这玩意儿味道还不错。

1 HP酱，英国的一种传统酱料。

做砖的人有福了

在最近一次津巴布韦之旅中，我开车经过一座极其奢华的大房子。这并不是凡尔赛宫或海湖庄园[1]，它的规模与豪华程度远在它们之上。想象一下路易十四和特朗普的品味，再加上一点沙特王子的奢华与王者的霸气，差不多就能接近它的模样了。

我原以为这座房子属于某位掌权的精英或某个拥有几座金矿的人，但事实并非如此。房子的主人是一名商人，他成功地让全国人民相信，如果不用他“祝福过”的砖（一块砖卖10美元）建造房子，那么房子就会倒塌、着火，或者成为闹鬼中心。而津巴布韦人是地球上最迷信的人群之一，于是他们纷纷买账。

自从听说这个天才的商业点子后，我再看到《龙穴》[2]里那些费劲演示的节目参赛者时，总是忍不住感慨：“真

---

1 海湖庄园（Mar-a-Lago），位于美国佛罗里达州棕榈滩，是美国总统唐纳德·特朗普的私人度假胜地，也是其开展政治活动的重要场所。

2 《龙穴》（*Dragons' Den*），一档起源于日本的商业投资真人秀节目。节目中，创业者向由成功企业家组成的“龙”评委团展示商业计划，以争取投资。

的吗？可以节水的马桶配件就是你的绝招了？拜托，大胆点儿，去‘祝福’砖块吧，一块砖收10英镑，一栋房子就是10万英镑啊。”

在英国，每年有25万栋房屋拔地而起，如果按这个“祝福砖”生意法计算，那么你一年就能赚到250亿英镑。坐拥这样的产业，你就可以买下彼得·琼斯[1]，让他帮你洗碗。而现在，我又听说了一个更妙的创意。一个名叫妮基·瓦斯科内兹的宾夕法尼亚女子推出了一项新业务：只需上传一张你家小狗的照片并支付440英镑，她就能告诉你小狗的所思所想。

据她所说，她的灵感源于在当地健康中心的按摩经历。按摩师说她曾听到几只乌鸦在交谈，还听到一只路过的狗跟她说自己要去看望奶奶。之后，妮基顿悟了，觉得自己也能推测出动物的想法。这听起来像是胡说八道，但我有点心动了，万一她真是当代怪医杜立德[2]呢？我特别想发一张莉萨的那只猫的照片，因为我很想知道它是否猜

1 彼得·琼斯（Peter Jones），英国著名企业家、投资家，《龙穴》节目的常驻投资人。

2 怪医杜立德，同名喜剧电影中的主角，拥有与动物交流的特异能力。

到了我的想法——希望没有。

我爱狗远胜过爱猫。晚上，当坐在电视机前时，我总想知道狗在想些什么。当然，它们不了解高清液晶显示屏，也无法理解现代剧情片中的复杂情节。但如果妮基是对的，它们真的会思考，那么它们一定会感到困惑："为什么我们这个忙碌了一整天的主人，现在却可以坐好几个小时，乐此不疲地盯着那面会说话的墙？"

我的一只狗会打开后门，所以她一天能开百八十遍门。她把门打开，我对着空气吼一句"我每天辛辛苦苦工作，就为了给半个牛津郡供暖吗？！"，然后走去关门。结果她又会开门进来。像这样的事情，一天能重复50次。我很想知道妮基会如何解释这个行为。

我知道金鱼的记忆只有7秒，所以水缸里的每个角落对它们来说都是持续不断的惊喜。但我的狗可不是鱼。她知道门外有什么风景，并不会每次出去都"哇哦"不停地感叹连连。既然如此，她为什么要反复开门？又为什么到现在还没学会关门？

还有更多例子。在发展中国家，总有许多流浪狗懒散地躺在阴凉处休息。但有时它们会突然起身，大步流星地穿过城市中心，步伐坚定，神态自若，仿佛非常清楚自己要去哪儿以及为什么要去。难道它们真的知道吗？

研究表明，大象可以认出镜子中的自己，但狗不能。那么，如果狗连自己长什么样都不知道，它为什么会突然在下午三点决定起身，快跑去某个地方？是因为睡醒后“春心荡漾”，决定去找伴侣；还是像我们一样在“思考”？如果是后者，那它可能是聪明的。但这又是一个令人费解的话题。

人们常说，海豚可以通过训练学会在驱逐舰船体上安装磁性水雷，这被认为是智能的体现。但如果真的聪明，它们就不会把水雷安装到敌舰上。

博物学家还告诉我们，鲸鱼拥有识别、记忆、推理、沟通、感知、理解和解决问题的能力。

虽然我不想让自己听起来像德雷克和克莱夫[1]那样刻薄，但直白点儿说吧，传真机并不是鲸鱼发明的，不是吗？再看看黑猩猩，它们常常被视作动物界的爱因斯坦。

1　德雷克和克莱夫（Derek and Clive），彼得·库克（Peter Cook）和杜德利·摩尔（Dudley Moore）组成的英国喜剧二人组所创造的两个荒诞角色，他们的对话常常涉及对日常事物的讽刺和夸张表现。

而它会从朋友的屁股里找跳蚤吃。

我知道我这是在说疯话，很抱歉。但这个话题让我很感兴趣。因为每次我把羊装进拖车，准备把它们带到另一块地时，它们的表现与我把它们装进拖车送到屠宰场时截然不同。或者这只是我的错觉？可能只是因为我心怀愧疚，才觉得两种情况有差别。我也许应该给妮基发一张羊的照片，问问它在想什么。

实际上，我已经知道答案了。它一定在想："今天我要以哪种方式死掉，才能给那个穿着靴子的混蛋带来最大的麻烦？"

我的狗也是如此，真的。它们现在就坐在厨房里，恳切地看着我。我以为它们在想："我们爱你，谢谢你对我们的细心照顾。"而事实上，它们只是饿了，并且深知得到食物的唯一途径是让那个胖胖的两脚兽去拿。

就是这样。还是祝福砖块吧。

废卡车，黄卡车[1]

1　标题借用了英国经典绕口令《红卡车，黄卡车》(*Red Lorry, Yellow Lorry*)。

在过去那个人人患有白喉、到处都是煤灰的时代，孩子们都步行上学。但后来，随着汽车变得越来越平价，接送孩子逐渐成为一种普遍现象。很快，人们意识到可以共享。

我经历了这一切的开端。本周坐奥斯汀·芬尼根的捷豹马克10去学校，下周就换成我爸爸的福特科蒂娜，下下周是德里克·阿特金斯的芥末黄的莫斯科人。随着越来越多的家长开始意识到这样做的好处，我们的队伍日益壮大。很快，每天早上会有20个孩子挤进莱斯利·特恩布尔的雷诺14，一同前往唐卡斯特。

危险吗？一点也不！我们被挤得像罐头里的午餐肉一样紧实。如果有一天早上，特恩布尔先生因为戴尔德丽·安德森卡在刹车踏板下而刹不了车，我们也能像罐头牛肉一样吸收碰撞产生的冲击力。

然而，其他人并不这么认为。不久后，每个孩子都必须配备单独的座位、安全带，以及一套配色完美的安全气囊。这意味着汽车不得不变得越来越大。每天早上在校门口看着“小少爷”从一辆比航空母舰还长的车上下来，简直没什么比这更能激起人们的阶级偏见了。接送孩子甚至被认为比英国石油公司高管的私人飞机对“气候灾难”的贡献还要大。

这种情况已是病入膏肓。政府制定了离谱的低速限制、严苛的停车规定，还新增了数不清的自行车道和公交专用道。结果就是，从我家到牛津的15英里通勤路程，如今需要2小时。

这一切自然而然地让我想到了我们本地屠宰场的关闭传闻。据说教区正悄悄计划将这块地出售，并改造成面向社区勤劳人家的可负担、可持续的住宅。我并不责怪屠宰场的经营者。由于脱欧，许多擅长屠宰工作的移民工人都回了拉脱维亚，而本地的年轻人又不愿意从事这类工作（事实上，他们不愿意做任何工作）。此外，法律要求动物必须先用二氧化碳麻醉后才能屠宰，而好笑的是，二氧化碳也处于短缺状态。

屠宰场关闭的问题正在各地蔓延，但似乎没几个人真的关心。这也难怪。政府、通贝里小姐和爱登堡爵士早就告诉我们，如果继续吃肉，地球将无法养活所有人类。我们都明智地点头表示同意，认为种植农作物喂养动物的确愚蠢，不如直接吃这些作物。然后，我们转身走进肉铺买一条羊腿，好为周日的烤肉做准备。

当然，有一小部分人是素食主义者，就像有一小部分人喜欢跳莫里斯舞[1]一样。但大多数正常人喜欢吃肉，这让里希首相[2]的净零目标更加遥不可及。但如果屠宰场没了呢?

数据显示，每年有10%的小型屠宰场关闭。按这个速度，不出几年，可能一间屠宰场都不剩了。农民们自然对此感到非常担忧，并希望政府出手相助。呵呵，想得美!如今可是净零目标当道，怎么可能?

如果我们本地的屠宰场真的变成住宅区，那问题就严重了。除了这个，最近的屠宰场在M5公路以外，四舍五入都要到威尔士了。开车过去需要将近一个小时，我把猪带到之后，还得和越来越多的小农户一起排队。这意味着我得在那里待上一整天，而我根本耗不起，更别提还得为了取猪皮再跑一趟。

如果连那个屠宰场也关了，我又该怎么办?它迟早会

1 莫里斯舞，英格兰的一种传统民间化装舞蹈。

2 指里希·苏纳克（Rishi Sunak），英国前首相。

关的，因为就算屠宰场满负荷运转，这块地卖给开发商建住宅的价值也更高。

解决办法？有人正在拼命开发移动式屠宰场，但那些拥护通贝里的白厅[1]官员制定的规章制度，让这比在戈德尔明市中心建一个露天炭疽杆菌[2]工厂还困难。

如果农民们联合起来，一起资助屠宰场继续运营，怎么样？听起来不错，但你需要凑齐多少位捉襟见肘的农民，才能比肩地产大亨们百万英镑的报价呢？

幸运的是，我又有新点子了。让我们回到开头提到的接送孩子的共享模式。现在农民们都需要自己将家畜送去屠宰场。这意味着他们需要早早起床，清洗拖车，装上正确的家畜（为此可能还得回屋找眼镜，以便看清耳标上的编号），填写五千份完全无用的政府表格，接着把家畜装进拖车，开车一两个小时，再排队等一两个小时，最后开车回家。

如果这个流程能共享呢？如果农民们凑钱买一辆卡车，轮流驾车去屠宰场呢？

1　白厅，英国行政部门的代称。
2　炭疽杆菌，一种革兰氏阳性菌，可导致动物和人患炭疽。

在这个想法萌生的第一时间，我几乎可以肯定政府早已制定了一堆法规阻止它变成现实。于是，我拨通了“万事通”查理·爱尔兰的电话。他告诉我，根据现行法规，屠宰场只能屠宰健康的动物。没错，农业法规已经变得如此荒谬。如果家畜瘸了，或者眼睛有问题，你就必须先把它们带回农场治疗，等它们恢复健康才能屠宰。查理接着解释，如果一辆拖车中有一只被认定为不符合健康标准，那么整车的家畜都得打道回府。

只送自家养的猪就已经够麻烦了，更别提你要送一整车分属于不同农户的家畜，因为只要有一只不合格，哪怕人家贴个条子说它头疼，你就得把它们全送回去。

不过，在进一步分析后，查理认为卡车内可以分出隔间，这样即使一部分家畜被拒绝，剩下的也不必全部退回。他说他会再联系我，但至今没有消息，这意味着我可能真的找到了突破口。

但愿如此！否则里希首相就会得偿所愿，而英国乡村将永远失去牛群那令人悲伤的哞叫和小羊们弄出的滑稽声音。我不知道豆腐生长的声音是什么样，但不管怎样，到时候你能听到的就只有这个。

这种变化对全球气候绝对没有影响。毕竟，如果人类真的在改变气候，最大的“罪人”恐怕是那些冒着黑烟的煤炭工厂。而且，这对我们的饮食习惯也不会有太大影响。唯一不同的是，我们吃的肉都将变成进口货——还带着淡淡的氯的味道。

社区中正派又勤劳的农民

下次去买食品时，不妨留意一下包装上是否有一个红拖拉机的小标志。这很重要，因为这个标志意味着供应这些原料的农民最近十分恼火，整天翻白眼。

让我给你展开讲讲。为了让农场获得“红拖拉机”认证，我必须接受检查，以证明我没用死狗喂猪，或者用洗洁精清洗家禽。

这意味着我要花上好几个小时陪同一位“红拖拉机”审核员，就姑且叫他科林吧。有时他说自己不叫科林，但他明明就是。科林事无巨细地一一检查。他要翻看所有相关的文件，确认我没有把危险化学品存放在小学操场上，并且确保我的家畜都和电影《小猪宝贝》里的猪一样快乐。最后，陪他在农场里巡视一整天后，我还得付他800英镑。

作为回报，我可以在食品包装上贴上“红拖拉机”的标志。而作为消费者的你们，却根本不在乎，因为你们更愿意买那些来自摩洛哥、便宜了两便士的产品。好吧，谢谢你们的“支持”。

不过，说实话，我认为“红拖拉机”计划总体上还是值得推行的。这个标志意味着包装内的食品是由用心的人生产出来的。最重要的是，这些食品产自英国，而英国的标准相当高。

仅通过这个“红拖拉机”的标志，就能让挑剔的消费者轻松了解以上这么多信息，这一点确实不错。

然而，出乎意料的是，“红拖拉机”认证机构突然宣布，他们打算“绿化”标志。新方案要求农民证明自己的农场不仅干净有序，还得像蝴蝶一样环保。消息一出，我那些穿着羊毛猎装的农民朋友怒不可遏，气得腮帮子都要炸了。全国羊协会［NSA（National Sheep Association）］——不是国家安全局（National Security Agency）——召开了一次紧急会议，强烈要求重新审视这项计划。国家农民联盟（NFU）也站出来反对，最终“红拖拉机”机构表示会重新考虑。

不过，我担心的是，环保人士向来不会“重新考虑”。他们就像岩浆那样残酷无情、势不可挡。这意味着有一天，这个荒谬的计划会卷土重来。尽管我是个农业新手，但这确实让我忧心忡忡。

“红拖拉机”认证机构要求我不会销售用可卡因施肥的葱，这当然是可以接受的。但如果他们要求我证明自己是身着工作服、头戴毛线帽的格蕾塔·通贝里，那就太离谱了。

更荒唐的是，他们可能会说，这一方案“出于自愿”。但对环保主义者来说，“自愿”不过是“你不会连这个也信吧”的另一种说法。

今天下午，开心查理告诉我，他们已经在计划让我为所有“破坏环境”的行为买单，不仅包括我自己的农场造成的（其实没多少），还包括供应商的所有排放行为。没错，为我的农场生产硝酸铵化肥的工厂，它的碳排放由我买单；运送化肥的卡车司机及其子孙后代，他们的排放还是由我来买单。

不仅如此，我还要面对克里斯·帕卡姆[1]每15分钟就来我的农场一次，对我说，如果我不为农场的蠼螋[2]幼虫建

1 克里斯·帕卡姆（Chris Packham），英国电视节目主持人，动物学家，自然主义者。

2 蠼螋，欧洲常见的一种夜行性、杂食性昆虫，有翅但少飞，在国内被称为剪刀虫、夹板虫。

一个幼儿园，同时射杀所有奶牛，我就会被市场“雪藏”。

上周，老朋友西牛津郡区议会告诉我，我种了太多树了，必须停下来。这就是乡村的现实写照——农民每天都在面对这些荒谬的要求，而且情况只会越来越糟。

科林会离开，取代他的将会是那些粉发狂热分子——上午刚把汤泼在画上，下午就穿着一双大麻做的靴子跑到农场，对我发号施令，要求我遵守一堆她从XR[1]宣传册里读到的各种莫名其妙的规定。

没有人阻止这种事，这气得我牙根痒痒、头上炸毛。人们总认为农民富得流油，可以随便花钱。当然，我不会在这里声称自己穷得揭不开锅，那样太蠢了。但绝大多数农民，尤其是租借土地的农民，并不富裕。而且，他们的财务状况每况愈下。拨款和补贴越来越少，售价越来越低，而政府的要求却越来越荒唐。与此同时，环保的压力仍在持续增加。现在，奶农生产1升牛奶的成本比其售价还高出5便士。而且看起来，他们很可能将不得不面对帕

1 XR（Extinction Rebellion），一个国际性的环保运动组织，旨在通过大规模抗议和公民不服从运动，推动各国政府采取紧急措施应对气候变化和生态危机。

卡姆、通贝里以及其他一众环保极端分子的“审判”，这些人甚至可能会要求他们坐在犹大尖凳[1]上来赎罪。

他们到底犯了什么罪呢？环保主义者不是喜欢在乡间溜达，闻野生动植物的气味，就是喜欢在社交媒体上夸夸其谈，显得自己多重要似的。但我每天起早贪黑地劳动，而不是蹲守在手机屏幕前等着天上掉钱。尤其是在这个季节，成千上万的农民冒雨修篱笆、栽树篱、清水道，以保持乡村的正常运转。而所有把帕卡姆奉若神明的、被误导的傻瓜，却指责他们盗窃土地，或声称农业是军事工业复合体的一部分，认为自己有权在他们的土地上随意溜达。在此，我很想用一个词来形容这些人，但既然我是在给报纸写文章，而不是参加唐宁街的会议，那最好还是不说了。

好了，冷静一下，让我解释一下我的计划：修建池塘，为爬行动物和昆虫提供适宜的生存条件；与槽舰队乐队[2]的安迪·加托合作，努力改善我的土壤质量；照顾我

1 犹大尖凳，欧洲古代的一种残忍的刑具，通常用于宗教审判。受刑者被吊在金字塔形尖凳上方，施刑者通过下放绳子使尖顶插入受刑者的肛门。

2 槽舰队乐队（Groove Armada），英国电子音乐组合，由安迪·加托（Andy Cato）和汤姆·芬德利（Tom Findlay）于1995年创立。

的家畜，确保它们健康、快乐；将食物摆上你的餐桌，同时尽量少亏点儿钱。

我百分百肯定，我并不是孤军奋战。因此，我正在酝酿一个点子。如果“红拖拉机”认证真的蠢到无可救药，也许不足道农场可以成为新的行业标杆。我们的拖拉机也可以成为一种标志，告诉消费者：这些食品来自一个正派又勤劳的农民，他只想安安静静地干活儿。

我可以像经营俱乐部那样经营我的农场——经两名会员推荐并证明你符合要求，你就可以加入。没有任何费用，唯一的规定是：不要犯浑。

冬

从农场到餐桌的圣诞物语

对几乎每个人来说，圣诞节都是可预测的。这也是它吸引人的地方。你知道自己会吃什么，谁会围坐在餐桌旁，大家会穿着滑稽的毛衣，拉炮[1]里的帽子永远不合尺寸。并且，虽然无法确定争吵的内容，但一定会发生一场。

当然，除非你在加油站工作。不过即便如此，你的圣诞节也不会有太大变化。你会整天坐在收银台后面，想着三号油泵前的那个人为什么不早点儿来加油？毕竟，有谁愿意在圣诞节牺牲哪怕一点点时间来买汽油呢？

然而在农业这行，一切都充满了未知。是的，我厨房里有一棵圣诞树，冰箱里有一块牛肉，橱柜里放着拉炮，里面装的帽子估计只有脑袋和针尖一样大的人才戴得上。但今年我能享受这些圣诞庆祝活动吗？还真说不准。

天遂人愿的话，我的圣诞节应该是这样的：喂完猪、

1 拉炮，一种用彩色纸壳做成的长条糖果形状的响炮，常用于庆祝圣诞节。两人分别向两个方向拉扯，响炮便会发出啪的一声，内里的帽子、玩具等礼物散落下来。

牛和山羊，快速检查一圈，确认没有哪只羊用篱笆桩给自己来了串羊肉串；接着，抽空回趟家煮牛肉，找出拉炮，顺便逗得第二个外孙女咯咯笑；等国王的圣诞致辞结束后，我再出去把以上所有的事重新做一遍。

但事实上，情况可能大相径庭。我会发现某段篱笆在夜间被风吹倒了，于是我不得不放下午餐，跑到谷仓找打桩器和钉子去修。或者，夜里气温骤降，我需要提着锤子，挨个砸碎所有饮水槽表面的冰层。又或者，某只羊的脑袋莫名其妙地掉了下来。

唯一可以确定的是，莉萨的那匹26岁的老马不会在圣诞节死掉——因为它已在上周死了。我从不喜欢它，但即便如此，这事还是让我不太舒服。它有个习惯：当我进入它的地盘时，它会悄悄跟在我身后，然后在我想着自己的事情时，将硕大的脑袋猛地探到我的侧面，每次都吓得我的心脏像是遭受了电击，浑身上下一阵激灵，还以为遇到了恐龙。

说实话，我讨厌所有的马——卡莱布称它们为“碎草机”。不过，我挺喜欢切尔特纳姆赛马节。那儿的马主们身穿花呢的衣服，要看看谁家的宠儿跑得最快，我喜欢和他们待在一块儿。但我不喜欢被龟速行进的马厩拖车或马本身堵在路上。我也不喜欢那些穿着滑稽裤子和荧光夹克的骑马人，更不喜欢他们在你减速让行时，敷衍地挥手致谢。那不是谢意，而是无声的通知：“你其实不应该开车上路，目前法律管不了你罢了。”

我也不喜欢骑马。部分原因是觉得骑马非常不舒服，更多是因为骑马总是充满危险。什么东西都有可能吓着马——雨、风、门柱、塑料袋、乌鸦，甚至是水坑。当一匹马受到惊吓时，它会乱跳乱窜，最终送你搭上直升机，前往脊椎损伤治疗中心。

马还会乱踢，却从不会因此被怪罪。马的主人会迈过你那只可怜小狗的尸体，温柔地抚摸那匹作恶的马：“没事的，多宾。是不是那只讨厌的狗惹你了？你把它踢死了，干得漂亮！来，吃根胡萝卜，然后把它的主人也踢死吧。”

尽管如此，当莉萨的马死去时，我还是感到难过，因为我能看出她很难受，也因为这意味着我得处理这件事。

想象一下：夜晚，天已黑。我正准备赶赴一场愉快的狩猎晚宴，一通电话打来，帮我们照顾动物的人说，伯蒂正侧躺在一条溪流里。尽管不是兽医，但我也立刻意识到，一定出了什么问题。于是我脱下吸烟夹克[1]和拷花皮鞋，换上更实用的衣服，前去查看情况。当我到达现场时，狩猎队的人早已抵达，并完成了任务。如果不是节日气氛使然，如果那是别人的马，我会详细描述把一匹死马拖上泥泞的河岸，再把它塞进马厩拖车是多么麻烦。不过为了节日的喜庆气氛，也为了莉萨，我就不细说了。只能说，这事儿花了我老长时间，导致我错过了狩猎晚宴。

但是，至少所有的糟心事都在圣诞节前处理完了，腾出来的时间可以用来处理其他可能出现的糟心事：一头牛闯上公路，被前往加油站的人撞到？一只羊学会了自燃？还是又有一只狐狸潜入了鸡舍？一切皆有可能。

不过，是时候讲讲我的编辑翘首以盼的节日温情部分了。这是我以农民身份过的第四个圣诞节，但今年是第一次所有食物都来自自家农场。我亲眼见证了那头牛的出生，它也“亲自”为我提供了明天的午餐。我可以从厨房的窗户看到种植土豆的那片地。做肉汁用的面粉、啤酒、山葵酱——所有东西都来自这里，甚至包括圣诞树。

1 吸烟夹克，一种由丝绸或天鹅绒制成的翻领男装。上流社会的男士在隆重的晚宴后吸烟时，会脱下燕尾服，换上这种便装。

这一切让我有种奇妙的满足感，但我说不出为什么。假如给我充裕的时间和合适的工具，我或许能造一辆车。成品一定会让我感到无比自豪，但我也很清楚，它的驾驶性能肯定比不上量产车。同样的道理，如果我尝试做一台电视机，虽然可能性极低，但假设我成功了，其画质也无法与索尼电视相比。

然而，当你种出了自己的食物时，那是一种完全不同的体验。没错，胡萝卜长得歪七扭八，土豆上满是洞洞，新鲜的山葵也远不如店里买的奶油山葵好吃。但倘若你亲手种下种子，看着它们发芽、成长、结果，享用它们时心中涌起的那种巨大的满足感，甚至难以言喻。

当然，这种满足感并不适用于HP酱。如果你尝试在家里自制HP酱，那一定是一场灾难。但它适用于啤酒。明天，当我举起一杯鹰石啤酒，纪念伯蒂这匹马，并感谢将食物摆上餐桌的人——我自己——时，我会为亲自培育做啤酒所用的大麦感到无比自豪。当然，喝上五杯后，我也不会在意这些了。

好了，那就先到这里吧。祝各位圣诞快乐，大快朵颐！我们开新篇，来年见。

末日将至！

夜深人静时，我常常因为土壤问题担心得睡不着觉。据说，再过90年，土壤将彻底失去活力，无法再为我们生产粮食。到那时，再担心大气温度升高的影响也毫无意义，因为我们早就因饥饿而灭绝了。

当然，总有些人会对这种末日论嗤之以鼻。他们甚至认为，比起担心某个独裁者发动核战争，最应该害怕的其实是从某国的实验室或西非的某个洞穴泄漏的病毒，这些才是真正会终结人类的威胁。

除非，一颗巨型陨石先一步击中地球。据说这会产生大量反季节性的尘埃，带来一个漫长的核冬季。在一切尘埃落定之后，地球上将再无任何生命存在——哦，除了皮尔斯·摩根[1]，他似乎对这种灾难免疫。他对任何灾难都免疫。

不过，上周有人提醒我们，人类的灭绝或许既不会是因为外太空，也不会是由于遥远的非洲洞穴，更不会是因

1 皮尔斯·摩根（Piers Morgan），英国著名记者、电视主持人，以直言不讳的风格和争议性言论而闻名。

为自身的鼠目寸光，而是因为我们脚下的土地。冰岛的火山爆发让人印象深刻。其中不乏令我着迷的视频影像。这次爆发释放了数十亿吨二氧化碳，相比之下，我驾驶路虎越野车的那点儿排放微不足道，这让我的愧疚瞬间少了几分。然而，从地质学的角度来看，这次爆发也不过是“九牛一毛”，只是地球流下的几滴“热泪”而已。

我见过更大的火山活动。有一次，我待在北极地区时，一座火山在瓦特纳冰川——北半球最大的冰川之一——之下爆发。考虑到这可能是此生不可多见的震撼景象，我即刻驱车前往。滚滚岩浆从地底深处喷涌而出，在岩石和冰川之间流动，然后以惊人的速度冲入那个著名的潟湖——在那里，詹姆斯·邦德曾掐死敌人，并和乔治·贝斯特的女友逃亡。[1]蒸汽、轰鸣和大自然的怒火交织在一起，那场面简直超乎想象。我曾目睹航天飞机引擎测试，那声音震耳欲聋。但火山咆哮的动静甚至更大，震

1 此处指电影《007之择日而亡》中的情节，詹姆斯·邦德（James Bond）是该电影的主角。然而，与北爱尔兰足球球星乔治·贝斯特（George Best）有过恋情的人中，只有玛丽·史泰文（Mary Stävin）出演过007系列电影，但她并未出演《007之择日而亡》。

得脾脏都隐隐作痛。

这次爆发规模巨大，却依然被一个冰块牢牢压制住了。它就像地球的天然防护罩，压制住了岩浆，防止火山灰在天空弥漫。如果没有了冰块塞子会怎样呢？1983年，我曾在西西里岛目睹埃特纳火山爆发。那时的蘑菇云比电影《奥本海默》里描绘的还要震撼。不仅是因为它的庞大，更因为橙红的夕阳光辉像水下射灯一样刺穿了黑云。我在那里呆呆地站了几个小时，直到火山偃旗息鼓，我才回去继续享用我的意大利烤面包。

从表面上看，火山爆发似乎是令人难以置信的奇观，而且有时会让一些航班被迫取消。但对地球来说，它就像破了的粉刺一样。片刻的惊奇，些许的残红，然后一切恢复如初。

然而，事实并非如此。虽然近几十年我们没遇上真正巨大的火山爆发，但它总会来的，而那时，你最好有一个地窖。1883年5月20日，无人居住的岛屿喀拉喀托上的火山爆发，邻近岛屿上的人们站在海滩上指着火山口，发出“哇哦”的感叹声。到了7月末，火山还在不停地喷出灰烬，地震不断，人们开始觉得厌烦。他们以为火山很快会停下，便又回去捕鱼了。然而，火山并没有停下。8月27日，它彻底爆发了。

没有任何冰块可以阻挡这场毁灭性的爆发——它的威力是人类历史上最强核弹的四倍。20英里外的英国皇家海军舰艇报告称，直径4英寸[1]的炽热浮石如雨点般砸向桅杆。船员的耳膜被震破。火山灰柱高达17英里。接踵而至的是百英尺[2]高的海啸，横扫了5 500英里外的南非海岸，近4万人因此丧生。

随后，一次更具毁灭性的爆发发生了。这次爆发直接将喀拉喀托岛蒸发了——这个面积与怀特岛相当的岛屿就这样消失了。巨响让远在福克兰群岛[3]的人们以为遭到了敌军的入侵，立即操起枪支。

全球多地的气压计都记录到了此次爆发产生的压强波——不止一次，而是一次又一次。因为它以每小时700英里的速度环绕地球7圈，才最终平息。然后，噩梦开

1　1英寸约等于2.54厘米。

2　1英尺等于30.48厘米。

3　福克兰群岛，也叫马尔维纳斯群岛，位于南大西洋，与位于苏门答腊岛与爪哇岛之间的喀拉喀托岛相距甚远。

始了。火山爆发后的第二年，北半球的气温下降了0.7摄氏度，洛杉矶持续暴雨。大量的二氧化硫被喷射到平流层，导致全球范围内的酸雨。月亮变成绿色，天空一片猩红。你知道爱德华·蒙克的画作《呐喊》吗？喀拉喀托岛的火山爆发让天空变成了画中的那种颜色，而他当时身处挪威。

更可怕的是，这次火山爆发远远称不上地球历史上最大的火山爆发。过去曾有更大规模的爆发，未来也还会有。它们并非由人类引发，也不是我们能阻止的。

所以，与其整天想着我们会如何葬送地球，不如放轻松。因为总有一天，当地球做好准备时，它会亲手将我们抹去。最后，借这个好消息，我祝大家圣诞快乐，新的一年里再无火山爆发。

开上拖拉机揭竿起义吧

文明世界的每一个政府都知道，食物是不能太贵的。众所周知，如果人们买不起吃的，几天，甚至是几小时之内，世界就会面临僵尸末日。这就是为什么一罐标准大小的亨氏焗豆只卖1.4英镑。

当然，这是好事。但如果你细想一下，这就一点儿都不好了：老天，超市哪来的本事，能以如此低的价格卖给你415克食物呢？你得有做酱汁所需的番茄、香料提取物、盐、面粉和醋。然后，你需要罐子和标签，还有把所有原料送到位于维甘的亨氏工厂和分销中心所需的卡车，以及零售商所需的利润。那么，你觉得这1.4英镑里，还剩多少给种植出罐子里那465颗豆子的农民呢？

是的，就是你想的那样——几乎没有，而且不只焗豆罐头如此。麦当劳要支付员工工资、门店供暖费、门店照明费，还要供养一个比美国海军后勤部门更庞大的后勤帝国。那么，他们为每个巨无霸汉堡收取的4英镑里，又有多少给了提供牛肉、土豆、面粉和番茄，以及做美味酱料所需的一切原料的农民呢？

答案？很少。这就是为什么在历史上，文明世界的政府会给农民发放补贴、提供廉价燃料。这是对人们不愿付出食物种植成本的补偿。

然而现在，绿色运动跳出来宣称种植食物对上层大气有害，我们都必须停下。而因为现代政治家都被愚蠢的左倾压力团体奴役，所以他们对此点头称是，决定将农业补贴削减到最低。这意味着欧洲的农民完蛋了。他们无法在没有政府的帮助下靠自己的努力赚到足以维持生计的工资，也无法提高农产品价格，因为超市采购体系不允许。

你本来可能指望法国人会对此率先采取某种抗议行动。毕竟，他们擅长通过抛撒粪肥和焚烧绵羊来“表达”观点。但你猜错了。是比利时人站到了抗议的最前线。然而，令人遗憾的是，他们不太擅长喊口号，所以并没有引起大家的注意，然后接力棒又传到了荷兰人手里。结果证明，他们确实精通抗议之道。

在一些关于氮的荒唐的新法律实施后，他们开着拖拉机上街，造成了极大的混乱。而且他们似乎还得到了公众的支持。因为在去年的选举中，一个匆忙聚集而成的亲农民党派赢得的选票比首相的还多。

现在，抗议活动已经蔓延到德国边境，抗议者们斗志昂扬。由于政府提议让他们和其他人一样支付同样价格的柴油费，他们就登上芬特拖拉机[1]，将国家逼到跪地求饶。他们还挥舞着标语，上面写着“没有农民就没有啤酒”——一如既往地简洁明了、朗朗上口。他们高效地包围了柏林。而在德国北部乡村各州，每一条高速公路的出入口匝道都被拖拉机堵住。从地处南方的万克到邻近丹麦的北部边境，数千吨粪肥被倾倒在城市中心区。

德国政府害怕自己会和荷兰人一样受辱，便在提案上做出了轻微的让步，但农民们不为所动。于是，我一生中第一次为德国加油助威。冲啊，弗里兹[2]，冲！

然而，我担心邪恶势力和黑暗力量正在聚集，以确保他们的抗议失败。这就是为什么，哪怕你真的能找到相关争议的报道，里面也没有对可怜的农民贾尔斯[3]的任何同

1　芬特拖拉机，德国品牌拖拉机，以高性能和先进技术闻名，广泛用于农业作业，尤其受到欧洲农民的青睐。

2　弗里兹（Fritz），德国一个常见的男性名字，类似我们的“小明”。

3　出自J.R.R.托尔金于1937年创作的儿童短篇故事《哈莫农夫贾尔斯》，它讲述了被迫成为英雄的农夫贾尔斯与巨龙之间的争斗。

情。因为他被贴上了“开拖拉机的希特勒”的标签。

从英国广播公司到《卫报》，每个人都说德国的农民抗议与燃料价格无关，实际上是极右势力复兴的幌子。他们暗示，如果你趴在勃兰登堡门[1]的粪堆上，会看到许多奇怪的乡村男孩，他们身穿褐色衬衫，随身带匕首，梳着整齐得可疑的发型。[2]

在荷兰农民抗议期间，我们也看到了同样的反应，但没什么人在意，毕竟很难将范·德·沃克[3]先生视为手持冲锋枪的纳粹。但如果主角换成德国人的话，故事就完全不同了。因为如果世界上哪怕出现一星半点认为这些制作啤酒和德国香肠的农民实际上是党卫军的想法，那游戏就结束了。

在意大利也是如此，那名空有其表的女总理最近谈到了限制移民的必要性。突然，将头发染成粉色的人走上街头，说她是新的墨索里尼。而在美国，当然，我们有特朗

1 勃兰登堡门，位于柏林的市中心，被认为是柏林的象征。
2 纳粹冲锋队常穿褐色制服，梳着特定的整齐发型。
3 范·德·沃克，英国作家尼可拉斯·弗里林（Nicolas Freeling）在其系列犯罪小说中虚构的一名荷兰侦探。

普先生。我个人认为他有点儿奇怪，但在左派看来，他的私人空间里绝对有奥斯维辛集中营的模型。

拉近一点，就说苏拉·布雷弗曼[1]吧，还记得她吗？她试图阻止伦敦举行的亲哈马斯游行，结果被指控为极右主义。在今年全球所有选举中，我们被告知这是中间偏左派和“极右派”之间的斗争。当左派认为自己可能输掉辩论时，他们就开始批发种族主义和厌女认证。“你是极右派。”他们尖叫道。

尽管如此，我们需要关注德国的事情。德国人再也不能获得廉价的俄罗斯石油和天然气。他们的汽车工业正在被别的国家蚕食。他们失去了默克尔，而现在看起来，是告密者在四处宣传，声称村边萝卜地里的那个男人实际上是纳粹医生约瑟夫·门格勒[2]。这让人有点儿担心。

1 苏拉·布雷弗曼（Suella Braverman），英国政治人物，曾任内政大臣。

2 约瑟夫·门格勒（Josef Mengele），德国纳粹党卫队军官和奥斯维辛集中营的医生，人称“死亡天使”。他负责筛选囚犯，决定将其送到毒气室杀死或使其成为强制劳工，并对集中营里的人进行残酷的人体实验。

我家后院

在我很小的时候，人们就知道农业中的轮作法：第一年种玉米，第二年种豆子，第三年让土地喘口气歇歇。但如今，轮作法迎来了全新的、盈利空间更大的升级版：栽玉米，种豆子，建房子。

自1756年托利党[1]上台以来，他们每年都高喊要建30万套新房。然而，每年的结果都连目标的边儿都没挨着。但就在圣诞节前，住房部长迈克尔·戈夫宣布了一项大胆的新计划：每年建30万套房，他表示这次一定成功落地。

但他做不到，主要是因为他必须先安抚那些选区位于乡村的保守党后座议员[2]，对此我无法理解。反正再过12个月，无论是否建房，也无论建多少房，这些议员都会在下一次选举中丢掉议席。可为了保住他们留任的一线希望，戈夫提出要保护绿带[3]。

1　托利党，保守党的前身。

2　后座议员，在议会中没有担任政府职务或反对党职务的议员，没有特定行政职务，因在议会中于后排就座而得名。

3　绿带，一些受到严格保护的特定区域，通常位于城市周边，目的是防止城市扩张过度侵占自然景观和农业用地。

这意味着30万套新房都必须挤进已经有房子的地方。后花园、公园、商店旧址，能塞则塞；或者干脆叠在其他房子的顶上，电影院和保龄球馆的旧址也不能放过。而这正是问题所在。

我完全理解，开阔的乡村不应被改作住宅区，我们需要在这些土地上种植食物。但不足道农场里有块地，情况稍许不同。理论上它属于“杰出自然美景区”，但这块地两侧被房子夹着，另一侧还靠着公路，真的算不上“开阔的乡村”。这块地上可以建50套房子，这不仅可以助力戈夫完成目标，还能让我赚得盆满钵满。

如果你在这片土地所在的查德灵顿村读到这篇文章，不用担心。农场商店已经让你们够头疼了，我不会再火上浇油，比如硬往村子里塞一堆我爷爷称为“小破屋”的建筑垃圾。实际上，我会种上大麦。

但那些没有在《周日泰晤士报》上写专栏，没有主持独立电视台（ITV）问答节目，也不拥有能赖以谋生的农场商店的农民，他们该怎么办呢？因此你可以理解，在这种情况下，他们很容易动心，把手头像我那块地一样的零碎土地卖给邦瑞地产公司。

根据戈夫的新计划，地方议会必须对这类住房开发申请快速审批，予以支持，否则未来他们的决策权就可能被削弱。这对刚离婚而急需住所的人来说是个好消息，对刚从肯特海滩乘橡皮艇到达英国的人[1]来说也是，对邦瑞地产公司来说更是好事。但对那些爱穿红裤子的人来说就不妙了。而且，在这个问题上，他们或许还真有几分道理。

大约30年前，当我搬到奇平诺顿时，它还是一个人口5 800的集市小镇。如今它仍是一个集市小镇，但人口已激增到9 400。房屋开发势头迅猛，而且似乎还没有放缓的迹象。

但问题在于，虽然建房容易、利润丰厚，但当你让一个城镇的人口翻倍时（就像他们在这里做的那样），所有的基础设施也得跟着翻倍。而这既不简单，也没什么经济回报。

如今，奇平诺顿的警察局都没了，几年前就关了，现在已经被改造成公寓。现在，我们镇上的警察——本就屈指可数——只能在消防站的一个保洁工具间里办公。

1 此处指移民和入境难民。

商店也成了问题。奇平（本地人对奇平诺顿的称呼）曾经是个很好的地方，有五金店、高端音响店，还有花店。除了周三下午，你可以随时光顾，因为那时唯一的交通协管员会上班。

而现在，镇上遍布停车执法人员，进店买个东西都可能吃罚单。于是这些商店纷纷倒闭，取而代之的是一间又一间连锁超市：森宝利、玛莎百货、奥乐齐和利浦。

就业呢？帕克诺尔公司曾在这里有一家工厂，生产有纽扣靠背的优质绒布扶手椅。如今这家工厂也没了。这意味着镇上的劳动力只有三个选择：在超市打工，自己开店或咖啡馆（六个月内就会倒闭，因为附近没有地方停车），或者每天在为迪克·特平[1]打造的18世纪的老路上通勤，去城里的工业园上班。

以前，当从伯福德路驶入A361公路时，我连看都不用看，因为根本不会有车。现在我得等很久，才能等到足够插进去的间隙——有时久到我胡子都长出来了。我很沮

1 迪克·特平（Dick Turpin），18世纪臭名昭著的英国劫匪，尤好公路抢劫。

丧，奇平诺顿正逐渐“萨里[1]化”，失去了曾经的美好。

是的，（大部分）绿带得到了保护，但棕地和灰地已经被过度开发，负荷超载。

所有热衷建房的人需要记住：这事儿不仅仅是往地里随便塞满三居室、四居室的高端住宅，再添个游乐场和几套平民化的廉价公寓来讨好左派；你的格局必须更大，必须考虑到这些新居民将如何影响学校、医疗、道路、公共交通和生活质量。

我以奇平诺顿为缩影，但我敢打赌，同样的事情也发生在你生活的地方，尤其是剑桥。出于某种未知的原因，戈夫决定在剑桥新增15万套住房。我不知道他为什么没选赫尔或博尔顿，或许因为他是牛津大学的毕业生。

不过，有些人认为他的做法是正确的。他们主张，与其将全国每个城镇和村庄扩展到崩溃的边缘，不如干脆建一个全新的城市。与其破坏所有地方，不如只毁掉一个地方。但这个新城市会建在哪里？其实任何地方都可以。如果你坐直升机飞越英国，你会惊讶地发现闲置土地竟如此

1 萨里，英国东南部的一个郡，其主干道经常发生交通拥堵。

之多。你可以在多塞特郡建一个新利兹市，可能好几年都没人发现。

但我不同意这种观点。人们不会愿意被遣送到“乡村版迪拜”，他们想住在朋友旁边。

这意味着解决这种无休止乱象的唯一办法，就是想一想我们为什么非要建这么多新房子——未来十年要建三百万套——也许除了在地上堆砖头，我们还能做点儿别的什么。

爱就是……清理猪圈

如今，我们经常读到关于身为女性如何糟糕的文章。她们不得不和整天坐着挠蛋蛋、看足球的男人一起生活，在男同事站着撒尿的环境中工作，还得应对更年期、例假、生孩子，以及建筑工人不时的骚扰。这一切听起来确实很糟糕。

当然，我得承认，作为一个男人，我挺幸运的——我的性别和我裤裆里的生殖器匹配，我可以心安理得地认同自己的男性身份。因为总体来说，我觉得比起女性，我们活得更轻松，除了一年一度的某天。这一天，我们绝对不会轻松。那就是即将到来的周三：情人节。光是代表情人节的字母缩写都足以让我们害怕得抽搐起来：VD。[1]

如果你想见识一下人类脸上最痛苦的表情，那就在情人节当晚，走进你所在地区最豪华的哈维斯特餐厅，看看在场的男人们。他们穿着明显太紧的外套，对着菜单上的价格汗流浃背，琢磨着能不能只点一颗橄榄和一小杯自来

1　英文中性病（venereal disease）的缩写也是VD。

水对付过去。然后，当他们的女朋友或妻子要来一杯香槟时，他们更是被吓得差点尿失禁。

再听听他们在说什么。6号桌的约翰正努力对女友早晨在瑜伽课上的见闻和她过几天去养生农家乐的想法表现出感兴趣的样子。而旁边8号桌的皮特则眼神飘忽，四处张望，想知道有没有人在听他挨骂，他可能给情人买了一条极小的红色衬裤，或一件小了两个码的裙子，甚至是一份需要插电的礼物。

这一切简直荒谬。明明两个人可能更想讨论也门局势、伊朗在中东的影响，或者乔·拜登最近与“德国总统”弗朗索瓦·密特朗的会晤[1]。他们更想聊聊小约翰尼的成绩单，或是再次坏掉的水管。但传统规定，就算是联合国前秘书长布特罗斯·布特罗斯-加利和米歇尔·奥巴马，他们也得深情凝视对方，说些诸如“你的眼眸如月色下的清潭”的肉麻话。

有一次，我在悉尼的一家餐厅里举办了一场热闹非凡的派对，那天正好是情人节。我们兴高采烈地走向正在

1 2024年，美国前总统拜登在一场竞选活动上称最近会晤了德国的弗朗索瓦·密特朗，但密特朗是法国而非德国的前总统，且早已于1996年去世。

享用烛光晚餐的一对对情侣，挨个儿邀请他们加入。结果，每一个男人都坐在那里满脸羡慕，心里盘算着答应的恶果。而他们的女伴则面色冷峻，眼神仿佛在说："有胆你就试试看。"没有一对情侣接受邀请。而这还是在澳大利亚。

要了解情人节如此糟糕又讨人厌的由来，你需要追溯到公元3世纪，当时圣瓦伦丁活跃在罗马、突尼斯或翁布里亚，具体情况没人知道。但可以确定的是，教皇因为"只有上帝才知道的某些事迹"封他为圣人。这有点儿像靠卖文胸发家的女人被封为男爵夫人。[1]

"为什么他是圣人？"

"因为他就是。"

我们还知道，在圣瓦伦丁生活的年代，罗马帝国的统治者是一个叫克劳迪厄斯·哥提库斯的粗暴"士兵皇帝"。他曾经一拳就打掉了自己战马的所有牙齿。马萨诸塞州伍斯特艺术博物馆有他的半身像，不过没有鼻子，可能是因

1 此处指玛丽·图谢（Marie Tuce），法国著名女性内衣设计师，她的设计极大地改变了内衣的舒适度和外观。由于她的贡献和影响力，法国政府授予她"男爵夫人"的称号。

为岁月侵蚀，也有可能是在摔跤比赛中被人咬掉了。

无论如何，这个没有鼻子的壮汉——被称为“残酷的克劳迪厄斯”——推断：谈恋爱的小伙儿参军的可能性更低，毕竟他的军队相当忙。所以他决定，如果要打败哥特人、汪达尔人以及一众毛发浓密的欧洲蛮族，他需要禁止男人谈恋爱。

这就是瓦伦丁的故事开始的地方。他认为皇帝是错的，于是继续秘密主持婚礼。不过这些婚礼并没有如他所期望的那样隐秘，因此他被逮捕和定罪。2月14日，残酷的克劳迪厄斯给了他两个选项——要么被乱棍打死，要么被砍头。最终，他两个都经历了。我不确定二者顺序如何，但我确定这无关紧要。

于是，在无牙的战马、遭受重击的哥特人、喷涌的鲜血为故事背景的这场混乱中，充满柔情蜜意、贺卡泛滥的情人节诞生了。

当然，这也没什么奇怪的。复活节时，我们用兔子和巧克力蛋来纪念一位木匠的儿子被钉上十字架后从墓中消失的事件。圣诞节时，我们穿上滑稽的毛衣，庆祝一名女子和她有妄想症的丈夫因为旅馆老板的种族歧视，被迫在马厩中过夜的故事。[1]那么，为什么不设立一个浪漫的节日，让我们每年有一天可以送女朋友一条小衬裤，来纪念一位神父被活活打死呢？

嗯……如果这真的是一年之中两人表达爱意的日子，那倒也罢了。但事实并非如此，整个节日已经完全被女性劫持。所以，这天的日程少不了去高档餐厅，卫生间里还要点上好笑的香薰蜡烛，而且全程不允许谈论足球或色情话题。

如你所见，周三那天，我什么特别的安排都不会有。幸运的是，我的伴侣也不想。光是想想情人节就让她倒胃口。

相反，我们会泡在齐膝的泥泞和粪便中，在风雨交加的寒夜里，喂猪并清理牛棚。为了防止你有这个想法，我还是说一下——就算你用满世界的粉色贺卡来交换这一切，我也不愿意。

1　据《圣经》，圣母玛利亚与丈夫约瑟回到伯利恒申报户籍时，因无处可去而暂居马厩，玛利亚在马槽中生下了耶稣。

还能有比高尔夫更糟糕的命运？

在我写下这些文字时，一年中最长的月份即将结束。现在是1月的第43天，窗外传来乡间老头们吸烟斗的嘶嘶声，以及当地乡民在猎人节的粗鲁玩笑。我想说的是：狩猎期快结束了。

通常在这个时候，凡是衣柜里有一条花呢短裤的人都会细心养护猎枪，然后郁闷地熬到8月中旬，那时他们将终于可以北上打松鸡。但我不禁要问，我们最后一次收起猎枪的时候要到了吗?

狩猎对斯塔默爵士[1]来说是一个很好用的靶子，我敢肯定，每当他需要转移选民注意力时，他就会拿这个话题来说事儿，就和布莱尔先生[2]对猎狐一样。记住我的话：如果经济崩盘，或者斯塔默爵士没能达成移民目标，抑或是他手下的某个后座议员往温斯顿·丘吉尔的雕像上泼了油漆，他就会突然跳出来，义正词严地宣布："我想我们

---

1 此处指基尔·斯塔默（Keir Starmer），第58任英国首相、工党党首。
2 此处指托尼·布莱尔（Tony Blair），第51任英国首相，曾下令禁止猎狐。

应该禁止猎杀野鸡。”

接着，每一个追求健康的大学生、学者、人力资源爱好者和素食主义者都会在伦敦街头暴走，砸碎圣詹姆斯服装店的橱窗，焚烧花呢外套，以示支持。而狩猎界将如何应对这些声量很大却又无法无天的行为呢？答案是沉默。毕竟从表面上看，很难为饲养鸟类只为射击取乐的行为辩护。

但我得试一下。高尔夫对环境更不好。为了狩猎，你需要放松地融入自然；你需要维护生态，让它自然发展。你需要树林、树篱和庄稼，不仅是为了野鸡，也是为了让鸣禽有躲藏和繁衍的地方。而高尔夫球场不过是一片片绿得发假的草坪和几个沙坑，以及一群认为唐纳德·特朗普穿着考究的人。所以，如果真要禁止某项活动来保护环境，我会选择高尔夫。

那虐待动物呢？确实，在大型狩猎日，8名猎人可能会射杀1 500只鹧鸪，很难说这些猎物都会被带回家，被心怀感激的保洁阿姨吃掉。但如果是家庭狩猎日，一共打了十几只鸟，参与的每个人带一对回家呢？这肯定是没问题的，毕竟，还有什么替代方案吗？难道要活吃？掐死它？踢死它？狩猎显然是最佳且最人道的选择。

我听说，负责狩猎活动的猎场看守人会射杀任何威胁猎物的鸟类，比如鱼鹰。确实有这种事，但不能因为少数害群之马就一棍子打死整个狩猎界。那就像因为彼得·萨克利夫[1]而封杀整个西约克郡。

我还可以继续列举理由。狩猎行为提供了7.4万个全职岗位，比钢铁行业还多。而且，这些岗位上的人无法轻易转行。乡村是他们唯一熟悉的地方。他们对乡村的了解远胜于白厅的任何人。比如，我农场里的杰拉德对这里的事务了如指掌，比斯塔默爵士手下的任何一名工党成员都强。他们在调制尼格罗尼鸡尾酒方面更胜一筹，但要从灌木丛中抓出一只野鸡？杰大哥才是你的最佳帮手。

我在这里明确表态。不足道农场里曾有一个小型狩猎场。在大约25年前的第一次狩猎日，我们收获了3只丘鹬、1只野鸡、1只狐狸和1条鳟鱼。但多年后，经过不懈努力，我们有了一天内猎获100只鸟的记录。这听起来很了不起，但实际上，前3轮我们都吃了鸭蛋，直到第4轮

1 彼得·萨克利夫（Peter Sutcliffe），英国连环杀手，多在西约克郡犯案。

才迎来了枪管发烫的胜利时刻。

然而，脱欧终结了这一切。野鸡雏鸟通常从法国进口，过去每只才2英镑。但脱欧后，新法规出台，疫情又扰乱了市场供应，价格一路飙升到每只8英镑。再加上饲养、饲料和精心管理的成本，猎杀一只鸟的全部花费猛增到约45英镑。以我的狩猎场为例，猎杀100只鸟的成本是4 500英镑，每年5次狩猎就要花费22 500英镑。这些钱都够买一架私人飞机了。

不过，这也引出了斯塔默爵士想要禁止狩猎的主要原因，即取悦那些热衷挥舞红旗的人，毕竟激怒农民总能让那些左翼人士开心。

然而，幸运的是，我已先行一步。去年我组织了一次狩猎日活动，熟悉的面孔都来了，我们像往常一样，喝着杜松子酒和香槟鸡尾酒当早餐。但这次，我们并没有走进树林打午餐，而是晃荡到花园尽头打黏土靶。

我从来不喜欢打黏土靶，因为噪声很大，而且不能带来任何可以搭配蔬菜上桌的东西。这就是一种空中高尔夫。

尽管如此，那一天还是相当有趣。什罗普郡的一家公司带来了三台自动飞靶机，它们能以各种随机高度和方向发射两种不同类型的黏土靶。你永远不知道下一个靶会以怎样的速度和高度出现在哪里。我只知道，当哨声响起，轮到你的伙伴射击时（每五分钟轮换一次射手），每个人都已经像在德黑兰市中心行窃的小偷一样大汗淋漓。

五分钟后，轮到第二组射手上场，我们又回到车尾箱边吃点儿东西。然后发生了一件奇妙的事情。很多人都带了孩子过来，而在平常的狩猎日，他们通常会问："快到午饭时间了吗？"但在我的黏土靶狩猎日，他们都跃跃欲试。

于是，十个自豪的父亲，在一个阳光明媚的日子里，教自己的儿子和女儿如何装填猎枪、瞄准，以及在扣动扳机后持续追踪目标。

在欣赏这一田园诗般的场景时，我不禁想到，即使斯塔默爵士真的禁止狩猎，也没什么大不了的。英国乡村的一半树木因失去用处而被砍掉，村里到处都是酒鬼，鸣禽数量锐减，全国一半的拉布拉多犬失业……除此之外，一切都挺好。

一堆破烂儿

昨晚，有个混蛋光顾了。他撬开了一扇上锁的门，把多如一座小山般的生活垃圾倒在我的地里：轮毂盖、旧蹦床、各种垃圾袋，还有几张软色情DVD。你懂的，就是那些稀奇古怪的破烂儿。这简直让人火冒三丈。如果他把垃圾扔在路边，清理责任就会落到地方议会的头上，他们肯定会找各种借口拖延。但他没有这么做，他把垃圾倒在了我的地里，连带着把责任一股脑儿倒我头上了。

最初，我想自己把垃圾搬到路边。但这样一来，根据法律，我就成了非法倾倒垃圾的人。于是，我不得不租了一个卡车拖着的那种大垃圾箱——花了整整250英镑，绝对不是个小数目——然后开着我的杰西博（JCB）牌叉车，花了一整个上午在田里干“户外家务”。

结果，就在我还没开始动手的时候，发生了一件奇怪的事，一对50多岁的夫妻出现在现场。他们从棕色的斯柯达车里下来，用巨大的长焦镜头拍照。当《克拉克森的农场》制片团队的一个女孩过去问他们在干什么时，他们粗鲁无礼、闪烁其词。于是我也上前交涉，结果那个男的一张口就骂我是个白痴、混蛋，而他妻子继续在一旁拍个不停。

这让我很困惑。他们看上去就像那种周末会在园艺中心闲逛的退休夫妇。那他们为什么会跑到乡下，对着别人咄咄逼人地拍照？也许，他们就是倒垃圾的人，在犯罪现场徘徊，欣赏别人因他们的行为抓狂。或者，他们其实是在踩点，物色一个合适的地方来“野战”？

不过，两天后，当照片出现在《每日邮报》网站上时，一切都清楚了——他们竟然是狗仔队。真奇怪。如果你名气很大，凌晨三点搂着《爱情岛》[1]中的某个佳丽从奇尔特恩餐厅踉跄着出来，被拍到纯属意料之中。但当你在2月一个寒冷的日子，在自家农场清理别人留下的烂摊子时，你还能被人拍个正着，这就有点儿离谱了。

无论如何，我希望他们能好好享受那12.5英镑的拍照报酬，也希望他俩身上某些不方便明说的地方会很快长出一片瘙痒难耐的疹子。

第二天，我又被狗仔拍了，不过这次在我预料之中。

1 《爱情岛》，挪威一档真人秀节目。

我把一辆顶级迈凯伦750S停在诺丁山的一家餐厅外几个小时后,《每日邮报》就告诉读者，这辆价值26万英镑的紫色超级跑车是我的——差一点儿就说对了。车身其实是蓝色的，价格是30.8万英镑，而且它并不属于我。

第二天,《镜报》转载了这个劲爆（且不靠谱）的故事，并且添油加醋地说我还拥有一辆法拉利F355、一辆兰博基尼盖拉多和一辆阿斯顿·马丁Virage。

拜托，我根本没有这些车。实际上，我现在更喜欢开我的旧路虎揽胜，而非任何一辆超跑。这些超跑进出麻烦，也没地方放狗，而且动力强得离谱。当然，如果后轮突然失去抓地力，车辆过度转向，我知道该怎么应对。但问题是，我现在老了，不敢百分之百确定自己还有当年的反应能力。

别误会，我不是乔·拜登。我知道埃及和墨西哥的区别，也知道密特朗不是德国总统。但要是你正在开一辆740马力的怪兽，并且在湿滑的路面上不小心踩重了油门，你得打起十二分精神。

尽管如此，我仍旧喜欢超跑，也会为它们的消失感到难过。毕竟，等所有怒吼的V8发动机统统被送进博物馆，并让我们全部改用电动冰柜的发动机时，750S很可能就是迈凯伦最后一款搭载V8的车型了。

那么，这辆车开起来怎么样？好吧，最奇怪的是，它居然比前一代720S还慢。其实也不尽然，因为我开的那辆720S坏了，得靠拖车拖走。但最高时速从212英里降到了206英里是事实。

原因？迈凯伦缩短了终传比，并增加了下压力，[1]所以加速更快，转弯时抓地力更强。他们还改进了刹车系统，没有以前那么烦人了。实际上，他们改了许多地方——三分之一的部件都换了。

迈凯伦的目标是让750S更适合日常使用，而这次他们确实做得很成功。这是一辆可以轻松停在诺丁山的车，即使遇上大雨倾盆，我也能开去火车站接微醺的莉萨。不过，她找不到门外的车把手，我在车里也找不到，而大雨还在下个不停，因此她不像我那么喜欢750S。

这辆车的驾驶门槛很低。舒适模式下的驾驶十分平

1 终传比与加速性能和极速有关。较小的终传比极速较高，但加速较慢。下压力是车辆行驶时因空气动力学效应产生的向下力，增加下压力意味着增加轮胎抓地力。

稳。不过当油箱快空了的时候，车会有点儿颠簸。车上的功能都简单好上手。当你调整方向盘时，整个仪表盘也会随之一起移动，保证仪表始终清晰可见。导航图像也很优秀，暖气很给力，车顶还可以敞开——但在2月就“婉拒”了哈。

在许多方面，这辆车的驾驶体验甚至和打高尔夫差不多，除非你一脚把油门踩到底。尽管它比前代车型慢了一点，但仍能在2.8秒内从静止加速到每小时62英里，在7.3秒内难以置信地冲到每小时124英里。而当你猛踩油门时，声音之响亮足以把你内脏都震松。

不过，这声音并不好听。它不像V10那样号叫，也不像V12那样尖叫，甚至不像普通的V8那样轰鸣。涡轮增压器彻底改变了这一切。它只是单纯的噪声，而且是非常吵的那种。这就像一块精致的瑞士手表发出了大坝被炸毁的声音。

然而，这对我来说无所谓。因为尝试过迈凯伦750S的推背感和火山爆发般的爆发力后，我找回了63岁的自己。即使在M40高速公路上看到一辆保时捷911 Turbo与我并驾齐驱，我也没有急于让那个人长长见识。好吧，可能有一点儿冲动，实际上冲动相当强烈。但我还是克制住了，做到了只有稳重的老头子才能做到的事。

说到竞争对手，它与法拉利和兰博基尼相较，又当如何？这个问题不好回答，因为这三款车的驾驶体验其实大同小异。法拉利可能更有灵魂，兰博基尼更狂野。但最终还得取决于你喜欢查尔斯·勒克莱尔[1]、兰多·诺里斯[2]，还是电影《太空堡垒卡拉狄加》里的赛隆人[3]。

1 查尔斯·勒克莱尔（Charles Leclerc），摩纳哥一级方程式赛车运动员，效力于法拉利车队。

2 兰多·诺里斯（Lando Norris），英国一级方程式赛车运动员，效力于迈凯伦F1车队。

3 赛隆人，早期版本中，赛隆人为虚构的生化人种族；重拍版本中，赛隆人为创造机器赛隆人的种族。

春

我的牛不想要你的拥抱

詹姆斯·梅[1]——思想家、音乐学者兼油管[2]爱好者——曾说，乡村“只是你开车经过的地方”。他认为乡村没有任何值得你住在那儿或是去那儿玩的理由。在他看来，乡村只是连接这个国家中城镇和城市的空地，毫无意义又泥泞不堪，和原子里中子之间的空隙一样没意思。

我希望这一观点可以得到更多人的认可，这样农民就能安安静静地种地，为大家供应食物。但遗憾的是，突然之间，似乎每个人都觉得自己有资格定义乡村的用途，而他们都认为乡村与食物没有关系。在这些人看来，乡村的作用无非就两样：一是充当连通河流和海洋的昆虫家园，二是方便那些傻姑娘在别人的私家湖里游泳。

前几天，我和一名年轻女士聊天，她连怎么穿长筒胶靴都不懂，但在参加了最近一次的抗议游行，读完了发

1 詹姆斯·梅（James May），英国媒体人，作者的好友与同事。

2 油管（YouTube），美国知名自媒体视频平台。

到她手里的所有环保手册后，她突然就对再野化[1]的无数好处了如指掌。我试图温和地劝说她，但她觉得我冒犯了她，说我影响了她的精神健康。

她接着解释说，杏仁奶也是奶，然后一边喝着牛油果汁，[2]一边喋喋不休地谈论养殖肉牛对环境的破坏有多大。

随后，我打开TikTok，刷到一名看上去健康聪明的小姑娘，她从每年前往格拉斯顿伯里音乐节的朝圣之旅中学到了有关乡村的一切知识。[3]她坚信，只要摆出一副严肃的表情，并不断念叨“可持续”，大家就会跑到某位公爵面前，朝人家脸上泼汤水。

她并不孤单。在社交媒体上，成千上万的人和她一样，把改装的面包车停在别人的田里，躺在树林里哼歌，以期净化灵魂。这种“伊斯灵顿化”的乡村入侵一波接着

1　再野化，一种环保理念和实践，即恢复生态系统的自然状态，减少甚至完全去除人类活动，以修复人类对环境造成的损害。这一主张近些年在英国环保人士中十分流行。

2　种植牛油果需要大量水资源，一颗牛油果的耗水量约是苹果的15倍。

3　格蕾塔·通贝里曾现身于英国格拉斯顿伯里音乐节，并就环保主题发表演讲，观众反响热烈，但活动结束后，场地遍布垃圾。

一波，农民的生活也因此变得极其复杂。[1]

曾几何时，牛被用来生产牛奶、牛肉、汉堡、牛肚、鞋子、夹克和地毯。但现在，多亏了这群新晋的意见领袖——道听途说的“标题党”，农民不得不思考如何利用他们的牛群找点儿赚钱的新路子。

这让我想到了东约克郡一些有创业精神的人，他们想出了一个主意：向游客收取50英镑，让他们在谷仓花3个小时抱牛。令人惊讶的是，这个主意居然成了。在《卫报》刊载了一篇正面的评论后，那些“库姆巴亚[2]”一窝蜂似的来了。

让我直截了当地说吧，这是个绝妙的主意。如果你不能从奶牛身上挤奶，那么退而求其次，从一群想拥抱奶牛的嬉皮士身上赚钱也不错。因此，我祝参与这个计划的农

1 伊斯灵顿位于英国伦敦北部。20世纪50年代初，由于伦敦房价高昂，不少白领选择离开老牌中产阶级聚居区，转而搬到离贫穷乡村地区更近的老式住宅区，并对其进行翻修改造。这一过程始于伊斯灵顿的加农伯里地区，并在60年代逐渐蔓延开来。后来，人们便用“伊斯灵顿化”借指中产阶级入侵乡村地区，影响本地居民生活的现象。

2 库姆巴亚（Kumbaya），20世纪20年代采录的一首非裔美国人灵歌的歌名，意为“来到这里”，这首歌在20世纪中期成为民权运动与和平运动的象征。后来，该词逐渐衍生出讽刺那些过于天真、理想化的人的意味。

民们好运。但基于过去两年与奶牛打交道的经验，我必须劝告理智的人们想想用其他更有意义的事情来打发时间。

牛的第一个问题是，它们简直就是拉屎机器，整天除了拉屎什么都不干。它们唯一的任务就是起床，拉屎，然后回去睡觉，就连梦里都在拉屎。有时，我会看着奶牛轻柔地啃着一小簇草，只挑选最鲜嫩的部分，然后将其转化为十加仑[1]的粪便洪流。

我敢肯定，东约克郡的农民朋友会尽力确保谷仓里铺满新鲜的稻草，以迎接从伊斯灵顿来的客人。但三个小时的亲密接触后，我几乎可以断言，这些科尔宾派人士[2]离开时的气味会比来时糟糕得多。

还有一点，牛会不断呕吐。它们吞下一小口食物，然后将其反刍回嘴里继续咀嚼。所以，当你在谷仓抚摸它们的后背时，千万别忘了，它们的呕吐频率比大多数年轻男性还高。

1　1加仑（英制）约等于4.5升。

2　科尔宾派人士，英国前工党领袖杰里米·科尔宾（Jeremy Corbyn）及其支持者或家族成员，该词常用于暗指持有激进或极左立场，尤其在环保、社会正义等议题上态度强烈的政治人物及其支持者，带有讽刺和调侃意味。

此外，还有潜在的危险。当你凝视着那双温柔的棕色眼睛时，你可能会觉得它像老太太的毛线球一样无害。事实并非如此。奶牛并不想杀死你，但如果它在听你唱和平之歌时翻了个身，将你压扁，它可不会有多在意。事实上，它可能会用你被压扁的身体当一会儿痒痒挠。

要理解这一点，你可以让奶牛从桶里吃些零食，然后试着把桶拿起来。你会发现这比举起雷神之锤还难。我并不是动物力量方面的专家，甚至不确定是否存在“动物力量”这么一个领域。但如果有的话，牛一定名列前茅。

那么，有没有其他农场动物可以用来从“开窍”了的环保疯子身上捞钱呢？羊？不行。它们让人恶心，还出奇地壮。猪？小猪还可以，但当你直视成年猪的眼睛时，你会感觉到，如果可以选，你会宁愿回到特斯拉车里，溜之大吉。

去年，莉萨尝试了“山羊瑜伽”的主意。有一天，她的十几个朋友来做了一个小时所谓的瑜伽。某种程度上，我可以理解在羊圈里做瑜伽的吸引力。是的，山羊有时会用头撞人，但大体上，它们只会用牙齿啃你的衣服。并且它们非常干净，连粪便都小巧、整齐、结实。莉萨说，这次活动大获成功。但我也注意到，一个回头客都没有。

我认为问题在于，人们对乡村应该是什么样的有自己的想法，但现实从未满足他们田园牧歌式的期待。如果你躺在树林里哼歌，蚂蚁会咬你；如果你在别人冰冷的湖里游泳，你会患上短暂性全面遗忘症（TGA），根本不记得自己做了什么；如果你问大多数农民是否拥抱过他的家畜，他们会拿起猎枪给你来一下。哦，如果你推行再野化政策，让大自然重新掌权，你只会得到9.4万平方英里的荨麻丛。[1]

幸运的是，我有办法。我注意到，许多农民把拖车停在靠近主路的地里用作广告牌。那么，与其宣传当地的路虎维修店，不如挂上一条标语："继续前进，这里没什么可看的。"

因为如果你不这样做，我们就得穿上格子衬衫和钢头鞋，冲到牛津街，要求为我们的拖拉机提供停车位，为猎狐队的马匹提供马厩，并在演讲角[2]建一个屠宰场。

---

1 作者在他的另一本书《克拉克森的农场3：我的猪会飞》中曾提到，他有一块地没有耕种，放任自流，结果荨麻泛滥成灾。

2 此处指英国伦敦海德公园（Hyde Park）东北角的一个著名地点。自19世纪以来，这里一直是人们公开演讲、辩论和表达各种观点的场所。

集装箱之国

前不久，又一次置身于自然历史博物馆外拥堵的车流中，我不禁像以往的每次一样，再次感叹道，那座建筑真是令人叹为观止。

它的惊人之处远不止那些赤陶滴水兽和它巨大的体量。更令人惊叹的是，它只用了7年时间、33万英镑就建成了。这比最初的预算少了大约16万英镑。

这让我们想到一件有意思的事。早在19世纪，许多博物学家从异国他乡带回了各种各样的甲虫和恐龙化石。而大人物们意识到，这些珍贵的物品并没有得到妥善的保管。

汉斯·斯隆以17 800英镑买下了切尔西（顺带一提，不是足球俱乐部，而是整个切尔西城），他家里有超过71 000件藏品。假如哪天他家的窗户忘记关了，这些东西可能就会被大风吹走。于是，人们决定建造一座价值50万英镑的建筑，来存放这些有趣的蜘蛛和雷龙。

那时，没有人站出来质疑："这些钱不是应该用来帮助辛勤工作的家庭吗？" 也没有规划者提出："如果很多人来看这些自然奇观，他们该把马和马车停在哪里？”他们只是做了决定，然后就去建造了。时至今日，这座建筑仍然令人惊叹。

亨伯桥也是如此。说实话，国家并不真正需要将巴顿村和赫斯尔村连接起来，但还是这么做了。每次看到那座曾经世界最长的悬索桥刺破晨雾，我总会被它的壮丽震撼到暂时忘了呼吸。

然而，自那以后，一切倒退了。当然，仍然有一些伟大的英国建筑师交出了杰作，比如法国的米洛高架桥、巴黎的蓬皮杜中心，以及位于巴库的盖达尔·阿利耶夫中心——我最喜欢的建筑之一。但所有这些，连同新墨西哥州的美国航天港，中国铅笔般细长的京基100大厦以及新加坡滨海湾那个倒置的室内花园，都在国外。

如果在这里建一座房子，最后落成的样子不是靠近乔治亚风格[1]，就是像科技公司位于西雅图的总部。至于别的，用集装箱就行了。我曾想在家里建一个小石谷仓，用

1　乔治亚风格，18世纪流行于英国及其殖民地的一种建筑风格，因时逢乔治一世至乔治四世为英国国王而得名，主要特点包括：讲究对称，常用矩形或方形形状和红砖，坡屋顶（有时带阁楼窗）。

来种蘑菇。但每个人都皱着眉头，说我应该把这笔钱捐给社区里辛勤工作的家庭，用集装箱就行了。但我不会这样做的。

主要原因是，我之前囤的那些该死的集装箱已经快用完了。其中一个在农场商店里，用于仓储；另一个在地里，用来存放化学品；还有两个被焊接在一起，改成了一个农场厨房。说实话，我的院子看起来像马士基[1]总部的大厅，堆满了集装箱。

我并不是唯一一个这么做的人。每次你在市中心的火车站外，或者在康沃尔的海岸小路上，想喝一杯滚烫的以色列“自由和平”咖啡，配上一份“纯素”蛾螺时，你一定会看到那个穿着乔治·加洛韦[2]T恤、身上有文身的小哥，站在一个涂成彩虹色彩的集装箱里为你服务。

想在建筑工地上找到工地经理？他也待在集装箱里。现在，连教室和医院病房也开始用集装箱建造了。如果你老爸开始尿裤子，生活不能自理了，为什么要花钱让他住

1 马士基（Maersk），全球最大的集装箱航运公司之一。

2 乔治·加洛韦（Greorge Galloway），英国著名政治人物，曾因对以色列的立场遭到袭击。

体面的房子呢？给他一个集装箱，让他在钢铁制成的箱子里度过余生吧。虽然还没有人提议让移民住进集装箱，但我敢打赌，肯定有人想到过这个主意。

集装箱成了我们应对各类挑战的首选解决方案，这很容易理解。如今，疫情已经过去，全球航运恢复正常，物价暴跌，现在你可以用不到3 000英镑的价格买到一个不错的20英尺集装箱。如果加上窗户和暖风机，花费不到5 000英镑，明天晚上之前，你就可以在花园里拥有一个家庭办公室。而且，因为集装箱是可移动的，通常情况下你不需要去申请规划许可。

听起来是个好主意吧？不，这主意很糟糕。集装箱的存在是为了让廉价商品能被高效地运往世界各地。它的设计初衷并不是用于给人居住。每当看到集装箱，我的心里就会充满绝望，因为实用性永远不应该凌驾于美学之上。

我认为，集装箱应该被禁止，因为它让我们找到了“免死金牌”，让我们变得懒惰。想象一下，如果古代就有集装箱，汉斯·斯隆可能会把他所有的自然奇观都放进集装箱，而不是自然历史博物馆。

皇家阿尔伯特音乐厅、威斯敏斯特宫、巨石阵，它们都会变成一堆堆叠在一起的金属箱子。说真的，把巨石阵从名单上画掉吧，因为它可能原本就是这样的。都怪那些不想打造漂亮东西的德鲁伊[1]懒死鬼。

稍微跑题一下，我有个朋友想在花园里建个泳池，但他只有几百英镑预算，于是他找了个垃圾箱，把它稍微倾斜，弄出一个深水区，下面还放了个火盆加热。事实上，如果你的脚碰到箱子底部，你会感觉热得要熟了。

你可能会认为这只是凑合思维的典型例子。但我们的文化遗产呢？我们建造了伟大的教堂、宫殿和城堡，还有那些宏伟的庄园和梅菲尔区宽阔优雅的街道。然后，当其他地方的人忙着在太空建设城市时，我们却决定住进这些小小的金属箱子，在垃圾箱里洗澡。

1 德鲁伊，凯尔特人的祭司、法官和先知，宣扬灵魂不灭和转世轮回等教义，有和神明及鸟兽对话的能力。现代的德鲁伊教徒部分恢复了历史上的祭祀仪式和传统，在保护生态、重建森林等事务上特别活跃。

科茨沃尔德合作社

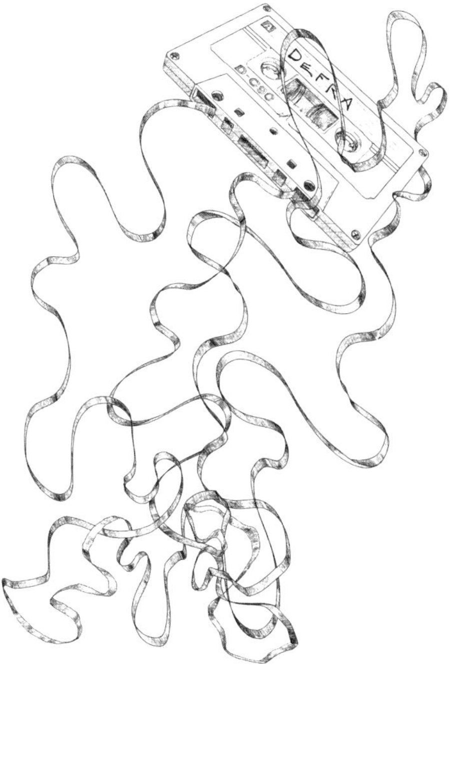

在脱欧之后，我们的管道系统突然就开始出岔子了，因为波兰人都回老家了。政府却说农民们不用担心脱欧后的生活，因为会有“用于公共产品的公共资金”。

然而，我还是很担心，因为这只是一句空口号。这就跟“三个月后你会感谢自己”一样没有意义。以前，我们有公共资金作为低价出售食品的补贴。但现在，我们农民只有在为公众做好事时才能得到补贴。但什么才算好事呢？给每个路过的散步者一束雪花莲？

好吧，四年多过去了，我们终于开始摸到答案的边儿了。我一直试图理解它们到底是什么意思，但我怕根本就没啥希望。只要看一眼这些政府倡议、计划和缩写，我就好像回到了在学校学习三角函数和搞清楚计算尺的用途的那些日子。

当然，我咨询了我的土地经纪人——开心查理。他说里希阁下将把野花草地补贴从每英亩100英镑提高到每英亩250英镑。而我有250英亩，真是让人高兴。

还没完呢。倘若种植黑麦草、野豌豆和不知为何物的

GS4[1]，以及其他一百多万种没人吃的植物，我也能获得现金补贴。你问为什么？显然，政府老爷们觉得，如果我这样做了，公众就可以从更高的土地质量和更低的二氧化碳浓度中获益。然后，全英国人民就可以更开心地挨饿。

当你某天啃着自己的鞋子，拼命抵御饥饿的时候，你一定会想到：如果我们沿用以前直接给农民发粮食补贴的体系——而不是采纳用纳税人的钱给土地增氮的新体系——可能会更好。我也是这么认为的。因为，尽管新的生态计划听起来很慷慨，但我实际到手的补贴其实比过去少了。

所以，到底发生了什么？为什么英国政府决定减少农民的收入，并因此引发大规模饥荒？嗯，我认为主要原因就是：政府无能。想想看吧。一个从拉夫堡大学传媒学系以每科都刚刚及格的成绩毕业的男人成了国会议员，并负责……比如说，交通问题。在此之前，他对交通一无所知。他也从来不感兴趣。然而，他现在就在这个位置上，

1　GS4，一种富含豆科植物和草本植物的混合草地，有助于提高土壤肥力，增加生物多样性，并提供优质的牧草饲料，但并不产出直接供人类食用的作物。

决定纳尼顿是否需要建设新的环城公路。

不仅仅交通方面有问题，我们的医疗服务也是糟糕透顶。在布里斯托看个牙，排队的人都能绕街区一圈了。我们仅有的两艘航空母舰也都坏了，常年罢工的火车司机更是断了我坐火车去伦敦的念想。那么，我们怎么能指望环境、食品和农村事务部能够例外，为农业做点儿有脑子的实事呢？

这一切让我在今早思考一个大问题：我们真的需要环境、食品和农村事务部吗？

我之所以问这个问题，是因为我最近看了很多关于毒品交易的电视剧——《毒枭》《格利塞尔达》《白粉飞》等。看后，我的脑海里突然闪现一个想法。这些可卡因都出自南美丛林里不受政府监管的半文盲农民之手，如果他们吃了自己的产品，甚至只是为了检查而闻一闻，他们都会发疯。然而，借助来自社会底层、没受过教育的暴力销售员组成的队伍，他们建立了一个全球供应网络。因而，哪怕你住在戈德尔明镇[1]，只需要一个电话，几分钟之内，

1 戈德尔明镇，位于英国萨里郡西南部的一个小镇，与城市相距较远，周边几乎全是绿带。

一个游走在郡县毒品交易路线上的男孩就会骑着自行车送货上门。

真是不可思议啊。这些农民并不像我们这样受“红拖拉机”机构监管，也不受任何规则限制。成百上千名高大强壮的马仔用糟糕的飞机和破败的潜水艇运毒。然而，这些毒品仍能被送到英国的每一个村庄，且价格低廉，品质稳定。

这不禁让我想到：为什么英国农民不能以类似的自由方式经营呢？我在任一块我中意的田里种我的大麦，再给它们用所需的农药。如果农药开始毒害河里的鱼或蜜蜂，或在食物链顶端堆积，那么我自会停用，再想些别的办法。我不需要一个来自环境、食品和农村事务部的12岁小屁孩儿告诉我该做什么。

当然，在毒品贸易中，解决纠纷常常要见红，要么是用链锯，要么是把人挂在高速公路桥上，而这显然不道德。我坐在这儿想着奇平诺顿地区与我为邻的农民们，我不相信会有人做出这样的事。这里没有毒品垄断集团，能有的只是几个合作社。我想那时，我们每晚都会在酒吧里说说笑笑，然后花掉政府老爷们给我们松绑后得来的额外收益。

老实说，政府法规并非一无是处，比如因危及蜜蜂而禁止使用新烟碱类农药。但我相信农民们本来就会停用这些农药，至少我会。但是，除此之外，我每天打交道的大多数法规都很伤脑筋。不仅如此，我还得浪费好几个小时来填天书一样的表单。

这些手续可比注册经典车或带你的狗去度假时需要搞定的那些繁文缛节复杂多了，高深莫测的程度达到了恐怖电影级别。还记得试图把90分钟的磁带手动倒回去的感觉吗？想象一下，你在一个房间，里面有10亿卷松了的磁带。就是这种感觉。然而，《毒枭》里的巴勃罗·埃斯科巴[1]已经教会我们：这一切都是没有必要的。

还有一点别忘了，政府没有对巴勃罗的财富征税，把钱分配给穷人。实际上，巴勃罗自发做了好事。他为流浪汉建造了房屋，并修建了大量的社区足球场。那我们还需要财政部吗？当然，虽然并不是所有人都有这种觉悟，就像有些人从不遵守限速规定一样，但大多数人还是自

1　巴勃罗·埃斯科巴（Pablo Escobar），哥伦比亚人，被称为有史以来最嚣张的毒枭，曾被《财富》杂志评选为全球七大富豪之一。

觉的。

这就是我对农业完全不受监管的看法。是的，一定会有一些贪污的家伙要滑头，但历史从来都是这样的，而且如此一来，农村也能留下来——也许会变得更好，甚至可能会蓬勃发展。

当然，这样做唯一的缺点就是，一万个受雇于环境、食品和农村事务部，负责开发各种调查问卷，然后把它们扔进垃圾桶的人要失业。但也许有一个解决办法：他们可以来到新解放的农场上真正地工作一天，生产好的、有营养的、有滋味的食物，而不是嚼着南美的杂草沙拉居家办公。

查德林顿雷鸟小队，出发！

杰西博Agri超级伸缩臂叉车

我活了59年都没用过伸缩臂叉车，真不知道是怎么过来的。它的伸缩臂可以举起并移动重物，简直酷得像电影《雷鸟特攻队》里的装备。你可能还记得，我们小时候的草捆小得可怜，那时候人力能搬动的就只有那么点儿重量。多亏了伸缩臂叉车，现在的草捆大了许多。种子也都是半吨一袋，因为每个农民都有这么一台车，它们堪比农场里的瑞士军刀。我曾用它搬运成箱的空瓶子，虽然操作的人是我，但一个瓶子都没掉。你甚至可以开着它去酒吧。我不禁感慨，伸缩臂叉车出现之前，世界是怎么运转的？

Robocut 2 RC40粉碎机

这台机器最高时速只有2.5英里，但它可以毁天灭地。要是用它，HS2工程20分钟就能建成。[1]它有履带，还有

1 英国高速铁路2号（High Speed 2）项目于2018年获批，原计划在2023年全线投入运营，却出于种种原因进展缓慢。

亮黄色涂装，但它也就比厨房桌子大一点。因为搭配的是小柴油发动机，所以它的速度慢得像蠼螋。而且它是遥控的，带着复杂的电子设备，它并不是你在湿漉漉的大树林里需要的东西，但确实管用。它前面是个旋转滚筒，上面布满了钢制尖刺。我曾用它清理池塘边的荆棘，引擎启动不到两分钟后，荆棘就灰飞烟灭了。我从没见过什么机器能如此高效。

Kokan浆果收割机500S

这台机器非常棒，但我们没法儿用。它必须骑跨在树篱上才能用，但要想到达一排满是黑莓的树篱，我们得先通过200码[1]长的石墙。结果墙毁了，现在还没修好，这简直是场灾难。我的树篱大多都太厚太大了，因为我放任它们自由生长，以吸引昆虫和鸟类。

神钢（Kobelco）迷你挖掘机

我不觉得有哪个男人能抗拒挖掘机的诱惑。去挖个池

1　1码约等于0.9米。

塘吧。不，去挖条沟吧。农场商店的停车场动工时，曾出现一幅美好的画面：莉萨在操作压路机，杰拉德在开拖拉机，我和卡莱布在挖土。这简直是“复仇者联盟”集结。我喜欢那样的时光。

兰博基尼R8 270拖拉机

我其实很想要一台芬特拖拉机，但太贵了，况且我是勤俭持家的约克郡人。这台R8二手价仅为4万英镑，却有48个挡位和188个按钮，我根本记不住它们的功能。R8还特别大，我的谷仓根本放不下，我只好重新建一个，毕竟它的前轮比我还高。我曾说过，如果兰博基尼Aventador超跑和宇宙飞船交配，它们就会生出这种东西。25英里的时速我从没怕过，但第一次以这个速度开R8时，我真的害怕了。起初每次干活儿我都会撞车，今非昔比，我已经熟练掌握了驾驶技巧。

荨麻收割机

荆棘和荨麻占据了我农场的半壁江山，于是我想出了一个计划：用它们做汤。起初我试了采茶用的机器，但它需要挂在肩上，我的背很快就受不了了。后来，我换了个更大的设备。它底下有个树篱切割器，还有个风扇把叶子吹进收集袋里。它能吸走顶部的嫩叶，但也顺便吸走了小树枝、死老鼠和森林地面上的一切。也许我可以说服人们尝试荨麻汤，但如果标签上写着“可能含有微量鹿粪”，他们肯定会敬而远之。

KTwo Bio 1600粪肥撒播机

这玩意儿的威力堪比加特林机枪。你可以在里面装满碎石，开着它穿越战区。其实，你只要装满牛粪就行，没有士兵会喜欢被时速150英里的牛粪打脸。唯一的问题是，有时石头混进粪里，然后被高速甩出去。有一次，一块石头飞了48米，穿过别人的花园，砸破客厅的窗户，在沙发上撕了个洞，最终飞进厨房，砸坏了冰箱门。

Protech P200S打桩机

在液压打桩机出现之前，你只能用手动打桩机——绰号“杀手”。没有什么比手动打桩更累人，尤其是这里的地面90%都是石头。所以，液压打桩机是个天才发明，尽管它看起来很吓人。它简直就像《奇平诺顿帮》里的玩意儿，能把人一分为二。[1]虽然如此，我们还是把所有的篱笆都打好了——说不上特别好，但还不错。

Supacat ATMP 6×6

我在一次军用设备拍卖会上看到了Supacat，我记得它标价9 000英镑。军队用它救援在阿富汗或伊拉克的沙漠中抛锚或被炸毁的“抓捕路虎[2]”。我当时想：“这在农场一定能帮上大忙。”自12月8日以来，雨就没停过，它又大又软的轮胎正好派上用场——既不会陷进泥里，也不会破坏地面。它没有顶棚、车牌或悬挂系统，所以在M40公路上就是一堆废铁，但在农场里如鱼得水。不管天气如何，我都可以启动Supacat，用那个极具男子气概的牵引钩挂上拖车，去拉柴火。

1　此处是对电影《纽约黑帮》(*Gangs of New York*)的戏仿，该片中有不少暴力血腥的场面。

2　抓捕路虎(Snatch Land Rover)，英国军队使用的一种特种改装路虎轻型军车，因用于北爱尔兰冲突期间的“抓捕行动”(Snatch Operations)而得名，具备一定的防护能力。

BHC双引擎气垫船

我喜欢气垫船，这艘曾用于空海救援的气垫船简直太棒了。我们试过用它喷洒农药。拖拉机会在田里留下车辙，所经之处寸草不生，但气垫船就不会，它能提供更好的作物覆盖率。问题是，它只能用在一点坡度都没有的平地上，而且我们后来发现，它也不能承受需要喷洒的液体肥料的重量。所以你开着它出发，一分钟后就得回来重新加硝酸盐肥料。我估计喷一块田需要加75次肥，卡莱布得忙一整天，他还摔下来了。所以，可怜的气垫船就这样被我们抛弃了。

这招怎么样！[1]

1 标题原文为“Howzat !”，这是板球运动中的一个经典术语，为“How is that !”的缩写。投手或守方队员询问裁判击球手是否出局时常用此句。

板球。这种比赛持续数周，一场系列赛结束后，你还得换个城市，再跟同一支队伍打上一场。如此循环。[1]每个比赛日还有茶歇时间。[2]赛场上的球员们穿着针织套头衫挥舞球拍，而看台上仅有的12名观众大多无精打采，基本上已经“撒手人寰”。如果板球算得上运动，那园艺和保洁也能算了。

今天早上我才知道，几个世纪以来，板球拍一直没有标准尺寸。你可以带着一个绑在棍子上的垃圾桶盖，直接堵在三柱门前。或者，你可以像澳大利亚球员马修·海登那样，拿着雷神之锤上场。[3]

真希望我在读书时就知道这事儿。因为板球是必修课，每周两次，正好赶上花粉症最猖獗的季节。我被迫站

---

1 板球系列赛中，两支队伍会在多个城市进行多场比赛。一个5场系列赛，两支队伍会在5个不同的城市各打一场比赛，每场比赛之间通常有几天休息时间，整个系列赛可能持续数周。

2 板球赛一向有茶歇的传统，通常由东道主的俱乐部为两队球员、教练员以及裁判提供下午茶。

3 马修·海登（Matthew Hayden）曾在比赛中使用手柄更长、球板更宽的特制大球拍。

在三柱门前，眼睁睁看着一个叫菲尔的壮汉朝我扔一颗基本上算是石头的东西。我没有可以用来自卫的雷神之锤或垃圾桶盖，只有一个小小的塑料盒保护我的“男性尊严”。

通常情况下，在经历几分钟的肢体不协调和极度恐惧之后，我们全队零分出局，然后就得进入守备环节。由于我在接球方面更派不上用场，队友们干脆把我安排到远离赛事中心的高草丛中。结果我的花粉症更严重了。

偶尔会有球朝我飞来，队友们让我接住它。这是不可能完成的任务。球刚从天上掉下来，还带着重返大气层的滚烫，更别提我的眼睛早已被过敏折磨得泪如雨下，而鼻子里正酝酿着一个足以让夏威夷地震仪误报的超级喷嚏。

最终，这颗超高温的“陨石”会精准砸中我的指尖，让我痛苦地号叫并跪倒在地，根本无法把球扔回给投手。结果就是，第二天早晨，那些身强体壮的男同学会将我扔进冷水池，并用他们四角锋利的漫游家牌行李箱往我身上招呼。

所以，如今的我对板球不是一般地讨厌，而是深恶痛绝。我有时在萨里看到有人在打板球，嘴角就会不由自主地抽搐，表现出一种不受控制的、兽性的愤怒。你注意过你的狗看到陌生人经过家门时的反应吗？在我开车经过奇丁福德[1]时，我的这种情绪尤其明显。但现在我已经想到了复仇的方法——我要把这群人的钱统统榨干。

在过去的18个月里，我一直在不足道农场折腾一个有趣的项目，试图将那些通常无法产生盈利的土地变现。我摘过黑莓和荨麻，还往当地的发电站送过几棵树，但大多血本无归。可我一直心怀希望：只要我坚持实验，一定会挖到一座属于我的“钻石矿”。结果，这一天真的来了。

事情是这样的。我收到了政府农业监管机构的通知，说我有两棵树长得太靠近小路，万一哪天倒下，可能会砸到那些徒步爱好者头上，压垮一个勤劳的家庭。为了避免惨剧发生，我不得不花一大笔钱，租了一台机器把它们砍倒。然后没过多久，我又收到通知，说那台机器把小路弄得一团糟，需要清理干净，以免有人摔倒。欢迎来到现实的农业世界。

但这件糟心事也给我带来了意外之喜，因为带着第二台机器来清理的工人看着倒下的树说：“这些是很好的蝙

1 奇丁福德，英国萨里郡的一个村庄，有自己的板球俱乐部。

球柳木。”

显然，这句话对我来说好比天书，于是我向开心查理请教。他解释说，“蝙”球柳木与吱吱叫的倒挂蝙蝠无关，而是指用来制作“板”球球拍的柳木。他对这些了如指掌，滔滔不绝地讲起他上学时和同学们如何数球拍上的木纹。如果能数出八到九条，他们会感到十分自豪。[1]我完全听不懂他在说什么。但他告诉我，我砍下的两棵树可以切出10块“板材”（我也不知道这是什么），每块价值约750英镑，因为它们可以用来做板球拍，而一只（仅一只哟）球拍的零售价最高可达900英镑。

所以，板球迷们，准备好迎接我的复仇吧。我不会以牙还牙，但我会让你们的钱包大出血。我将成为奇平诺顿的板球拍之王，狠狠地刷爆你们的信用卡，直到它们看起来像史蒂夫·马丁在《飞机、火车和汽车》里那样。[2]

我甚至专门为此制定了一份商业计划。印度和巴基斯

1　八九条木纹被认为是高质量板球拍的标志。

2　史蒂夫·马丁（Steve Martin）在这部电影中饰演商人尼尔。尼尔在阴差阳错下与别人互换了信用卡。对方将他的信用卡放在车里，而汽车因意外起火，尼尔的信用卡于是被毁。

坦对板球拍有巨大的需求，板球在那里一直备受欢迎。而且现在有一种名叫T20的玩法，最短17天就能完赛，特别适合当今这个快节奏的时代，据说每时每刻都有超过10亿人在玩。有些人使用克什米尔柳木制成的球拍，但英国的柳木更受欢迎，因为它更轻。

我还没说完。美国人一向嫌弃普通板球太慢太无聊，所以改打圆场棒球。但快到眨眼间就结束的T20已经在美国悄然兴起。它虽然没有纳斯卡[1]或威斯康星州的拖拉机拉力赛那么火爆，但现在已经有6 000支球队和20万名球员参与。随着电视转播的普及，这个数字将会呈爆炸式增长。而他们也都想要英国柳木制成的球拍。

这解释了上周末我出现在不足道农场的“牛地”里的原因。这块地到处都是涌出的泉水，因此，对任何想把雨靴陷在泥地里的人来说，这里简直是天堂。用A.A.米尔恩的话来说，这是一个悲伤而泥泞的地方。[2]而这正是板球

---

1 纳斯卡（NASCAR），全国运动汽车竞赛（National Association for Stock Car Auto Racing）的简称，美国著名汽车赛事。

2 在英国著名文学作品、A.A.米尔恩所著的《小熊维尼》（*Winnie-the-Pooh*）中，维尼熊的朋友小驴屹耳（Eeyore）住在百亩森林的东南角，一个叫作“屹耳的忧郁之地：悲伤沼泽”的地方。

拍柳木最喜欢的生长环境。

因此，我与当地一家供应商达成了一笔交易，买了20棵树。尽管它们已经有六七米高，但每棵才卖20英镑。卖树给我的人每年会用砂纸打理新长出的树枝，确保它们不长节疤——显然，如果要加工成板球拍，有节疤是件坏事。20年后，当我把树卖回给他时，我会得到一张金额为1.5万英镑的支票——按今天的货币计算。

当然，我不会收到支票，因为那时支票已不复存在，杰里米·克拉克森也一样。但杰里米·克拉克森的儿子还在，并且他喜欢板球。怎么样？这招不错吧！

治标不治本

我们很多人都记得蒙哥·杰瑞的那首歌，里面有一句歌词，“喝喝酒，兜兜风，看看能找到什么”。[1]当然，我们都意识到这样的情景是想都不能再想了。更不要提后面接着的这句歌词简直让人难以接受：“如果她爸爸有钱，就带她出去吃一顿；如果他爸爸很穷，就随你想干吗吧。”时代变了。

当然，许多歌词放在现在就像是来自远古年代，特别是吉尔伯特·欧苏利文的歌《克莱尔》。[2]你甚至可能觉得丰收节的颂歌是不可能会过时的。“我们耕地，播撒种子，交由上帝万能的手来浇灌和喂养。”绝对的经典永流传。一万年前是这样，现在也是如此。

然而，事实并非如此。上帝不再灌溉土地，取而代之的是中国的燃煤发电站。而且上帝也不再喂养土地。CF

1　此处提到的歌为《夏日时光》(*In the Summertime*)，由英国摇滚乐队蒙哥·杰瑞于1970年发行，同名专辑为该乐队的热门作品。

2　这首歌讲述了欧苏利文与一个名叫克莱尔的小女孩之间的亲密关系。虽然这首歌在20世纪七十年代非常受欢迎，但随着时间的推移，这首歌被一些人认为反映了恋童倾向。

工业公司抢过了这份工作，生产出农民撒在地里的化肥。

我们甚至不再人工播种，因为那根本是浪费工夫的“意淫”。我们用计算机控制的、价值4万英镑的条播机，以精确的间隔和深度将种子种在土里。这台机器被拖挂在价值25万英镑的凯斯拖拉机后面，而这台拖拉机是在以前生产虎式坦克的工厂制造的。截至目前，这一切都和上帝关系不大。

现在也没有什么“耕地”可言了。在以前，农民们会用犁把表层的土翻到下面，杂草被掩埋之后见不到光，就会死掉。这是一种自然、纯真的好方法，可以为来年作物创造完美的苗床。

但后来，通贝里小姐和她屁颠屁颠的帕卡姆环保活动家小队出现了，宣称土地里贮藏了一万五千亿吨的碳。如果用犁翻开土，这么多碳全部会以二氧化碳的形式释放到上层大气层。那真是糟糕，所以自然的除草好方法只能废除。取而代之的是来自孟山都、巴斯夫等公司生产的化工魔药。

如果要我老实说的话，其实农民们也不是很在意，因为犁地其实非常贵。你简直难以相信为了拖动一个两吨重的地锚穿过一块泥泞的田，需要用掉多少柴油。改用除草剂要便宜得多。

但这也成了过去式。近些年来，除草剂的价格已经大幅上涨。就我的经验来说，它也没什么鬼用了。每年卡莱布都像个乡村版终结者一样雄赳赳地走进田里，向野草尽情喷洒他的邪恶魔药。然而几周后，当开心查理带着我巡视田地时，他总能指出那些雀麦跟黑草。它们又紫又绿，而且对世界上所有化学家兜里能用上的东西都免疫。

今年查理说我们要走复古风，改成犁地。自私吗？是的，这会向对流层排放一吨二氧化碳，显然是件坏事。我还要使用比单用除草剂时多上四倍的柴油。这对我们的环境也不好。但——关键的来了——我不会给土壤注入任何化学物质。

所以，选择土壤还是天空？如果你想要吃饭，势必要损害其中之一。我选择了天空，然后租了台犁地机。

我选了一个带八个犁铧的庞然巨兽，有两个原因。第一，犁越大，工作完成得越快。第二，卡莱布没有哪一辆拖拉机有足够的动力能拉动它，所以我那拥有270匹马力的兰博基尼就派上用场了。这会惹卡莱布生气。哪怕是承认他的拖拉机不够好，都能让他面红耳赤。有时候，他光是靠近兰博基尼都会气得发抖。

这个巧妙策划的耕田大计唯一的缺点是，卡莱布拒绝驾驶我的拖拉机，所以我只好自己来。

我干过这活儿。在主持《疯狂汽车秀》[1]时，也就是两百年前吧，我干得非常好。一部分是因为跟我进行犁地比赛的对手是詹姆斯·梅和理查德·哈蒙德，还有部分原因是，两位裁判中有一位是我妈妈的好朋友。

然而，在现实中，情况有“亿”点点不同。我没办法自己把犁挂到拖拉机上，也没办法挂着犁做三点转向，更没办法在犁深陷泥地时让拖拉机前进——四个轮子只是在原地空转。所以我只能把犁稍稍抬高，这也就意味着我其实没有真的在犁地；或者摆动方向盘，在地里弄出一个个大坑。而当拖拉机终于前进时，我朝着一个跟预定方向完全不同的地方去了。这一切看起来就像是一个喝醉了的断手瞎子在犁地。

1 《疯狂汽车秀》(*Top Gear*)，英国广播公司制作的著名汽车节目。作者曾与后文提到的詹姆斯·梅和理查德·哈蒙德一起担任主持人，于2015年退出。

犁地的时候，我一直看着像漏水潜水艇里的深度表一样快速下降的燃油表，心里想着用化学除草剂会不会更便宜、更简易、更无害呢？

这就是务农。就在上周，我在种春大麦的田地里发现了大约180亿只蛞蝓。如果我持有“长就长了”的再野化放养态度，不采取任何措施，它们会吃掉所有大麦，也就不会再有什么鹰石啤酒了。这可不行，于是我只好给田地撒上会杀死它们的除蛞蝓药。很好。不过，这些药也会杀死别的虫子。所以，答案是什么呢？根本没有什么标准答案。

同样，我已经签署了政府的环保补助计划，在三块田里种上非食用的作物。它们对土壤有益，也对我的银行存款有益。但这也意味着我没有种出人们可以吃的东西。我认识一个人，他为此清除了农场上60%的食用作物，而他并非个例。所以，哦耶——为土里所有贮藏的碳和固定的氮欢呼吧！

但如果你想要一些面包的话，怎么办呢？你就不得不买用进口小麦做的面包。这对全球变暖就有好处了吗？而且这些小麦是按和我们这里一样严格的规则种出来的吗？

他们有没有用人类的排泄物施肥？你将面临一个选择——英国的净零排放，或者墨西哥人的屁屁。

你想要啤酒还是虫子？你想要健康的土壤还是纯净的天空？你想要蜜蜂还是猩猩？这些都是我每天睁眼就要面对的问题。这是一个没有标准答案的多选题世界。

这又把我们带入了另一首丰收节的颂歌里。

万物光辉灿烂。[1]正如总有一些鸟难逃一死，不论我们如何选择，其实都别无选择。

1 原文为“All things bright and beautiful”，引自著名的同名英国国教赞美诗。

向大牌说不

HIGH END STUFF
SAME AS EVERYWHERE ELSE
VERY
PRICEY PERFUMES
LUXURY GOODS
AS SEEN IN GLOSSY MAGAZINES
EXPENSIVE WATCHES
PRICEY PERFUMES
BOUJI BRANDS
HAND BAGS

威尔士政府那些对野草很友好的农业政策引起了不少争议和抱怨，这并不令人意外。只不过，问题并不局限于威尔士。文明世界的几乎所有政府都想把农民从乡村清除出去，很难看清原因到底是什么。

噢，当然，这些政客会说农业产生了太多的二氧化碳，阻碍了他们达成净零排放目标。可是，这显然不是真正的原因。毕竟，如果连吃的都没了，那阻止气候变暖还有什么意义呢?

那么，如果气候变化不是真正的原因，为什么欧洲、美国和澳大利亚的农民们的生活，会被如此故意且不必要地弄得这么艰难呢?他们可是给我们提供食物的人哪。英格兰农场的数量又为什么会从2005年的132 400个减少到2015年的104 000个呢?我们暂且把这些问题放一边，我想先聊聊我最近在哥本哈根的周末城市游。

我常说，如果出于某些原因，我不得不离开英国去别的地方生活或工作，哥本哈根绝对是我的不二之选。在这儿，人们吃晚饭的时间很合理，再晚不至于晚到第二天凌晨四点；永远不会被海滩分神；还能和卡车司机聊聊欧洲中央银行怎么控制克朗的。我知道这些，因为我就这么做了。而在英国，我和卡车司机的大部分聊天内容都是在向他们解释“脆弱”一词是什么意思。

在哥本哈根，无论你走到哪儿，你都能遇到有趣的人在有趣的餐厅里吃饭，他们吃完饭会回办公室继续设计更多有趣的椅子。哥本哈根人把太阳能农场安排在高速公路和铁路之间，运河和码头旁边也没有难看的围栏。这样，如果不小心掉进水里，你立马就能爬上岸。当然，如果你不会游泳，那就是你自己的问题了。

然后是出行，在这儿，人们都骑自行车。只不过，这里没有人戴头盔，也没有人穿愚蠢的史塔西[1]冲锋队式的黑色紧身裤和黑色短裤。在这儿，骑自行车不是什么BLT+[2]、亲哈马斯或者让保守党下台的政治秀。骑行只是你的一种出行方式，因为在这儿，即使是最烂的小车也要上

---

1 史塔西（Stasi），德意志民主共和国的国家安全机构，负责搜集情报、监听监视、反情报等。

2 BLT+，作者从“LGBTQ +”（性少数群体）得到灵感而自创的合成词，以讽刺堆叠字母的文化现象。BLT即Bacon（培根）、Lettuce（生菜）、Tomato（番茄）的首字母缩写，是一种经典的三明治。

百万英镑。况且，哥本哈根没有山。

我很享受在这儿骑车闲逛的感觉，我可以停下来喝杯咖啡，吃块糕点，也可以瞧瞧一家只卖桦树薄片制成的灯罩的商店。如果嘉士伯啤酒公司要建设城市，那就会是这样。[1]

即便这座城市这么可爱，这里也依然有劳伦斯·斯特罗尔[2]的汤米·希尔费格、普拉达、香奈儿、宝格丽、古驰，以及很多其他恐怖到不可救药的跨国品牌的商场。它们如今占领了每座城市的中心，高端的加勒比度假区以及世界各地的航站楼。英国广播公司已故主持人特里·沃根曾说，他想用机枪扫射亨曼山[3]上的每个人。当看到又一家雨果·博斯[4]分店的时候，我也有同样的感觉。

有人跟我说，这些时装、箱包、墨镜商店之所以到处

---

1 嘉士伯有一句广告词：如果嘉士伯要建设城市，那将是世界上最好的城市。这句话延续嘉士伯著名的“可能是世界上最好的啤酒”的主题，以突出品牌的高标准。

2 劳伦斯·斯特罗尔（Lawrence Stroll），加拿大亿万富翁，时装品牌汤米·希尔费格和阿斯顿马丁F1车队的投资者。

3 亨曼山，温布利网球俱乐部中的一个草坡，这里在温网比赛期间往往人满为患。

4 雨果·博斯（Hugo Boss），德国奢侈品品牌。

都是，是因为它们是唯一能负担市中心租金的商家。我确定这是真的。这些高奢店铺的存在对城市、房东，还有那些心甘情愿为一双鞋面上印着“普拉达”的鞋花850英镑的，穿着白裤子的蠢人来说是件好事。

但这当然不是我们想要的。我们想要满是有趣的东西和有趣的人的有趣的商店，花费850英镑买一双鞋对我们来说很傻。可如果到处都是售卖不同东西的小店，好像又太难管理，远不如打电话给游艇上的某个蠢货，让他送点希尔费格和圣罗兰的商品来得简单。

这就让我说回了农业。我正坐在科茨沃尔德的山坡上，看着周围的其他四座农场。它们的主人性格各异。不远处有个伙计用可移动鸡窝养鸡，那边那位女士痴迷有机生产，我的邻居坚持种油菜，山谷里还有两兄妹正养着猪。这些农场不大，还乱七八糟，可是特别迷人。令人欣慰的是，英国现存的农场中有90%都是家庭所有。不过，如果你退一步，把土地看作一门生意，你肯定会说：“呃，等一下。这完全没道理啊。”

所以我开始想，在不为人知的幕后会发生这样的事吗？农业界的劳伦斯·斯特罗尔是否私下跟政府说过：“如果你能让这些讨厌的家庭农户离开，我就买下整个农村地区，搞点再野化，让那些疯子满意，然后利用规模经济，以一个不错的价格生产出我们需要的所有食物。”

想想看吧，我的拖拉机现在正停在院子里，因为它没什么事可做。但如果我拥有从南海岸到沃什湾[1]的所有土地，它就会每周工作7天，每天工作24小时。明天我可以把它送到赫特福德郡去，把树篱连根拔起，把灌木丛砍下来，开辟出更大、更经济的田地。后天它会去多塞特郡，给大麦撒些氮肥。

这一切都将成为及时和高效的典范，就像水培番茄那样。很快，欧洲所有的农田将落入四五家跨国公司手中，这些公司可以用免费的赠品和虚伪的社交让政府官员通过股东们想要的任何立法。

在目前的制度下，农民们其实不能推动政府做出任何实质性的改变。因为农民太多了，他们的需求更是各不相同。这就像是问教室里的小孩圣诞节想要什么礼物，并希望他们给出一致的答案，这显然不可能。永远会有人说我

1 沃什湾，北海的浅水湾，位于英格兰北部。

想要爱与和平，也总有人会想订阅小黄网，或是要一辆法拉利。

如果跨国公司介入，问题就迎刃而解了。这对全球经济和投资者都是好事，食品价格还可能会下降。为了让这一切都更美好，农田里还会遍布写着“孟山都公司支持社区里的辛勤农民家庭实现可持续发展”的标志牌。[1]我想全世界政府官员的脑子里肯定都有这种乌托邦幻想，所以他们的政策对农民和现行制度才会这么不公平。他们宁愿和5个跟他们有共同语言，每年手持世界一级方程式锦标赛摩纳哥大奖赛维修区通行证的人打交道，也不愿见到5 000名破天荒进城，朝政府大楼喷洒恶心粪便的农民。

你可能觉得政府有一定道理。你可能确实希望食物更便宜，但你想向树篱和灌木丛挥手告别吗？你希望英国的乡村由芝加哥的私募股权公司拥有和经营吗？或者换个说法：你想吃汤米·希尔费格的水培番茄吗？反正我不愿意。

1　孟山都公司是一家美国跨国农业生物技术公司，以其在农业生物技术领域的创新和产品闻名，尤其是转基因种子和农药。这家公司在全球范围内影响巨大，但也因其产品和经营方式面临争议。作者在此表达讽刺之意。

夏

别学克努特大帝[1]

1　克努特大帝，中世纪英格兰、丹麦和挪威国王，北海帝国的创建者和建设者。据传，他曾相信自己拥有超自然力量，试图以此阻止潮汐。这一故事常被用以讽刺认不清现实、不自量力的人。

当你回顾过去保守党执政的14年时，要挑出他们最大的错误还真有点儿难度。特拉斯[1]和脱欧公投当然算是其中的佼佼者，但我还是想试着挑一挑，他们最大的错误恐怕是——居然认为强劲的经济增长和净零排放目标能兼得。

二者不可兼得。如果你一辈子都不产生二氧化碳，那你注定会在寒冷、孤独、贫穷、郁闷中过活，浑身长满溃烂的脓疮。太阳、潮汐和风能听起来像是可再生能源界的三头神兽[2]，但要真正利用它们，你需要一群聪明的年轻人来研究如何实现。而我们没有，因为我们的青年才俊要么把自己粘在马路上进行抗议，要么在争论下半身某个器官

1 此处指利兹·特拉斯（Liz Truss），英国保守党政治家，于2022年担任首相，但任期仅有45天，是历史上任期最短的英国首相之一。她在任期内推出了一系列经济政策，引发了金融市场的动荡和广泛的批评，最终辞职。

2 原文为triple-headed nirvana。Nirvana亦是美国一支三人摇滚乐队的名字，该乐队的早期宣传照中就有三人重叠式站立的姿势，呈现出一人三头的视觉效果。

的意义，要么头上裹着阿拉伯方巾四处奔走。[1]没有人坐在实验室里摆弄移液枪或研究热力学。

你能感觉到其实现任高层对此一清二楚，[2]这就是为什么他们把达成净零排放目标的日期一推再推，还允许石油公司在北海进行更多钻探作业。这也是为什么苏纳克最近一直强调粮食安全的重要性。他完全正确。我们确实需要保障粮食自给自足的能力，但当我们的主要任务是实现净零排放的时候，这简直就是天方夜谭。

这就像抽烟、喝酒和参加派对。你可以选择夜夜笙歌，也可以选择长命百岁。但这是个二选一的问题，你没法既要又要。

自从2008年我买下农场以来，我们一直使用除草剂来对付杂草。但现在除草剂价格飞涨，对人体可能也有害，所以今年我们决定翻耕一些田地。这种老掉牙的农耕方式意味着把土翻过来，然后将杂草埋在底下。因为晒不到太阳，它们就会自然而然死掉。

1 欧美抗议活动中，一些人会以戴头巾表达对巴勒斯坦人的支持。

2 本文写于2024年7月英国大选前，此处指上任首相里希·苏纳克领导的保守党政府。

这听起来可真是充满田园诗意和乡村风情，简直美好得不得了。但有一天我算了一笔账，发现我的拖拉机在拉着八铧犁耕地时，100码油耗高达1加仑。你没看错，1加仑只能走100码。这可是会排放很多碳啊。而且土壤本就是个巨大的碳汇[1]，我一翻土，里面的一些碳就会逃出来。

所以一天之内，我排放的温室气体比印度、巴西和中国加起来还多。如果不是格蕾塔·通贝里因为关于巴勒斯坦问题的抗议活动而被关在牢里，[2]她肯定会对我大发雷霆。最近，她似乎认为巴勒斯坦问题比气候变化更为重要。

管它呢，哦，还有肥料问题。我可以用化学肥料，但是它们对土壤不好，据说对国家的溪流和河流也有害。因此，用牛粪更好也更便宜。但这意味着要养牛，而养牛显然是全球变暖的大忌，因为它们不停地打嗝和放屁。

我知道我以前写过这些两难问题，以后还会继续写。因为需要食物的人必须明白，农业要么对大气友好，要么

1　碳汇，吸收和储存温室气体、气溶胶或温室气体前体的过程、活动或机制。当吸收的碳多于释放的碳时，土壤为碳汇，反之则为碳源——产生温室气体的过程、活动或机制。

2　在2024年5月11日，格蕾塔·通贝里参与了在瑞典马尔默举行的一场支持巴勒斯坦的抗议活动，被瑞典警方拘留。

对土壤友好，二选一。你们自己选吧。我已经选好了——大气？滚蛋吧！

让我们回到粮食安全问题上来。因为英国签署了一份国际协议，要在未来的某个时间点实现净零碳排放——时间点大概是签署协议的最后一个人去世之后——他们说，只有做环保的工作才能拿到政府补贴。

关于这件事，有很多很多很多规章制度。老实说，我几乎（完全）没读过这些，因为这是开心查理的工作。但我知道，今年农场上最大的一块地被用来种植一种叫GS4的牧草。而你们需要知道的唯一一点就是：这玩意儿不能吃。

第二大的那块地被用来种黑麦草，同样，这也不是给你们吃的玩意儿。但政府付钱让我这么做，因为这样一来，需要的农业活动更少，意味着我排放的二氧化碳也更少。而且我还在帮助补充土壤中的氮含量，这点我倒是很赞同。

这就是为什么我去年把再生农业用地交给了槽舰队乐队的安迪·加托发起的野生农场项目。[1]我们在那里种

1 安迪·加托在卖掉音乐版权后，于2018年正式启动了野生农场项目，旨在通过专注于可持续和再生农业来革新食品生产。

植了一种有拉丁名字的米黄色植物。[1]显然，你们不能吃，但发电站可以。

这一切意味着，今年我的农场上有大概20%的土地没有生产任何食物。我还知道有些农民把60%的土地都投到了环保项目上。如果你是一个全球变暖的忠实粉丝，这可太棒了——你将有大把的时间去参加游行。但如果，你想吃个三明治呢?

好吧，那我们的三明治食材就只能从别的国家进口了，那里的人要么没听过格蕾塔·通贝里的大名，要么听说过但觉得从一个几乎没上过学的人那里接受科学建议真是太傻了。

这又有什么意义呢?气候变化是一个全球性的问题。单靠北大西洋里的一块小石头将它的二氧化碳排放转移到秘鲁，这根本没什么用。好吧，其实还是有一点的。因为我们得把食物运过来，这么一来，反而会在全球范围内产生更多温室气体。

这还没提到安全问题呢。对，我们完全可以减少英国

1 此处指芒草，它具有高纤维含量和高能量密度，适合作为生物质燃料用于发电。

的农业生产活动，依赖进口食物。我们在20世纪30年代就这么干过。当时，政府说工人应该出现在工厂而非田地里，我们需要的食物从国外进口就行。然后呢？U艇[1]来了，我们全部差点饿死。所以，如果再来一次战争，或者再来一场疫情，而我种出来的全是氮和电呢？

同样的故事也发生在公路上。为了追求零排放，人们被逼着开那些说是车却不太像车的东西。就拿莉萨的新路虎揽胜来说，它的空调系统几乎是个摆设。虽然我承认这可能是因为它坏了，但我更倾向于认为这是因为它的动力被下调了——为了净零排放。

因此，我会采取如下做法。首先，我们必须承认人类需要产生二氧化碳，然后将省下来的钱投到科技研究上去。用这些钱激励我们的青年才俊回到实验室，让他们找出解决问题的办法，而不是一路倒退，像克努特大帝那样，抱有一种虚无缥缈的希望，认为问题会自动消失。

1　U艇，两次世界大战中德国使用的潜艇，其命名通常采用德文Unterseeboot的首字母U与数字的组合。U艇的速度和机动性在当时可谓出色，在海战中极具优势，对包括英国在内的协约国造成了重大打击。希特勒下令德军潜艇部队对英国实施全面封锁后，英国的物资供应一度陷入困境，粮食储备告急。

什么东西黄黄的、黏黏的？[1]

1 原文为"What's Brown and Sticky?"，是一个英语笑话的前半句。一般人被问到这个问题，多数都会想到大便，但问话人会在对方给出这一回答后才给出标准答案——stick。Stick即手杖，而sticky的意思是"黏的"，与手杖并无关系。这个笑话利用英文中形容词常以字母y结尾的规律，通过打破常规预期来实现幽默效果。

我写下这些文字之时，正是一个美好的周一早晨。天蓝蓝的，风从东边吹来，气温宜人，完全是出门干活儿的理想天气。那为什么我却选择窝在厨房里写这篇文章呢？

事实上，我今天起了个大早，煮了个鸡蛋，喝了杯咖啡，然后慢悠悠地走到农场准备开工。但最终，我什么都没干成。我就那样傻站在那里，完全蒙了，感觉自己像掉进了好莱坞电影的经典旋转镜头里——画面中的主角转向一边，而镜头却朝另一边高速旋转。这种画面常被用来传达恐慌和混乱。

事情是这样的：在按照传统方式经营不足道农场一年后，我坐不住了。为了不一直种小麦、大麦和油菜，直到有一天掉进农机里变成一堆肉馅，我决定尝试一些新东西。所以，我养了羊，然后是牛、鸡，接着又养了猪。后来，我为我的春大麦建了一个小啤酒厂。接着，我开始种蘑菇，甚至还试着“种”板球拍。而几个月前，我又开启了一个全新的项目——规模之大、耗时之多，搞得睡觉对我来说变成了像抽烟一样遥远的记忆。[1]

这一切把我拉回到了1977年。那年，出于一些完全无法解释的原因，我决定选修经济学作为我的A-level[2]科目之一。于是，我每周都要花好几个小时听一个人用纯杰拉德式的语言讲课。[3]为了逃避这种折磨，我选择在脑子里自主切换频道。也就是说，他在94.7频道自说自话，而我则在98.3频道听静电噪声，同时做着真正想做的事——完成《作曲人》[4]上的填字游戏。

两年下来，我几乎什么也没学到。因为当他滔滔不绝地讲凯恩斯时，我在努力回忆BTO乐队[5]的贝斯手是谁。不过，不知为何，有些东西还是印在了脑海里：18世纪有个名叫亚当·斯密的家伙提出，为了生存，你必须专注于一件事。这可能在潜意识中影响了我，让我把一生都投入到汽车新闻写作中。

---

1 作者在2017年感染肺炎后开始戒烟。

2 A-level，英国高中教育阶段的高级水平课程考试，用于大学申请。

3 杰拉德口音浓重，作者常常听不懂他在说什么。

4 《作曲人》（*Melody Maker*），英国已停刊的著名音乐杂志，在20世纪60年代至90年代以摇滚和流行音乐报道闻名。

5 BTO乐队，全名为Bachman-Turner Overdrive，是来自加拿大的一支摇滚乐队，于1982年解散，对摇滚乐产生了深远的影响。

不过，有一件事是可以确定的：我当时应该把更多的注意力放在听课上。因为在农业领域，斯密先生的理论似乎是有道理的。比如，鸟瞰公司[1]从不涉足牛肉，沃博顿公司[2]不种植蔬菜。而伯纳德·马修斯[3]不曾声称：“让我们试试鹿肉吧。”那么，那天早晨醒来，突然想到“对！我就应该种山葵！”的时候，我究竟在想什么？

更离谱的是，我现在居然种了三种不同的麦子（还不算再生农业项目）。这导致昨天——没错，就是周日——我们不得不着手建造一个新的谷仓。于是，我又多了件要操心的事情：挖出来的土要放哪里？需要从采石场拉多少碎石？我真的能抽出两天时间自己运走废料吗？又或，其实雇卡莱布手下的小伙子干更好？

如果不去运土，我还能干什么？修整林间小道（翻译一下：割掉路上的荨麻）？在商店入口竖个牌子，请顾客

1 鸟瞰公司（Birds Eye），一个知名跨国冷冻食品品牌，虽然起源于美国，但在英国尤其有影响力，成为当地人心目中的“本土”品牌之一，以生产冷冻蔬菜和鱼类产品闻名。

2 沃博顿公司（Warburtons），英国历史悠久的面包品牌，以生产各种烘焙产品闻名。

3 伯纳德·马修斯（Bernard Matthews），英国知名食品公司，以生产火鸡产品闻名，其速冻火鸡肉和零食在英国市场上广受欢迎。

别挡住田地入口？还是去播种黑麦草？抑或只是盯着那片看起来像陨石坑的地方——有一天会变成一个新的供野生动物栖居的池塘——发呆？

总之，我玩得有点儿过头了。每到晚上10点，几杯啤酒下肚，我对新农业点子的热情就会噌噌上涨，现在这已经成了个严重的问题。

你不会听到一个眼科医生突然说："今天我想试试修复油画。"但我会，这就是为什么今天早上我站在农场院子里发了一个小时的呆，最后还是回到屋里写这篇文章。因为写作才是我的舒适区。我的笔记本电脑就是我的安慰毯，写作是我用来抵挡混乱生活的护城河，让我暂时不用想别的事情。

然而，这篇文章很快就要写完了，我又得回到充满决策、问题和官僚主义障碍的世界里。但我只想卸下一些负担，专注于一件事。

现在，我终于找到了。冬天的时候，有台巨型机器清理了我们林地里的约一半的树木。这样一来，更多阳光能照射到林地地面，促进新的植物生长——只要我们能控制住鹿的数量，这简直太棒了。而且那些树干已经卖掉用来发电了，这显然也很棒。但是，我要面对一堆让人瞠目结舌的树枝。这些树枝堆起来足有30英尺高，长近半英里。某天，我拿着一瓶“思考汁”（你们叫它“鹰石啤酒”）去看了看，突然意识到，这些树枝中有许多可以用来做……手杖！

首要的问题是，树木甚至比经济学更让我脑子一团乱。这意味着我完全不知道哪些木头适合做手杖，以及那堆树枝里有没有这样的木头。但在我心里，我其实是知道的。

至于制作过程，我心里也同样有数。显然，我需要一个蒸汽弯管机让木头顶端弯曲，还需要一个榫槽机让它底端笔直。听起来简单得很。最后再装个金属头，做成结实的杖尖。我打算用康沃尔的银子——在我心里，仍然是一个蓬勃发展的产业。[1]

有人告诉我，现在已经没人需要手杖了。这可能是真的，就像在苹果手机出现之前，没人觉得自己需要它。我经常带着手杖散步，不是因为需要，而是因为它给我一种

1　18世纪到19世纪，英国康沃尔地区盛产银器，但该产业现已衰落。

安心感。而且手杖用途多多：可以用来指指点点，靠着休息，防止摔倒，甚至逮住跑丢的羊。你还可以敲打树木让野鸡飞起来，甚至可以收集手杖——总能找到你最喜欢的一根，就和收集帽子一样。

忘了蘑菇吧！那只是昙花一现。手杖才是农业的未来。而且最重要的是，手杖不能吃。这一点对现在的政府来说非常重要，我很可能因此拿到一笔补贴。

世界上最棒的酒吧

去年我决定买一家酒吧，为此我给自己认识的所有酒吧老板都打了电话，他们异口同声地说：酒吧行业已经快完蛋了。

每年都有超过一千家酒吧关门大吉。买一家酒吧？疯了才会这么做。

于是，我买了一家酒吧。我看中的第一家确实很吸引人。这是一家有四百年历史的驿站旅馆，近年来先是被改成了一家印度餐馆，然后又变成了某郡县毒品交易路线的冰毒实验室。但它需要修缮的地方实在太多了，连碳酸饮料机里都长出鼻涕虫了。我只好另寻别家。

结果，我发现，当你走进一家酒吧问老板是否愿意出售时，他们的反应无非两种：要么跪倒在地，感激涕零；要么跪倒在地，紧紧抱住你的腿，一边高声哀号，一边感激涕零。

价格谈判也只有两种情况。他们开价100万英镑，你砍到17.5英镑。他们要么直接一口答应，要么会说："呃，容我考虑一下……成交。"

那么，既然说明酒吧行业江河日下的证据如此确凿，那我为什么还要坚持呢？有位朋友嘲笑我说：“在这个年代，比买农场还蠢的事莫过于买酒吧了。接下来你还想干吗？买电影院吗？”但我大男人心态作祟，内心深处有个声音不停地说：只要有钱，买下村里的酒吧岂不美滋滋。

显而易见，我们村的那家是不行的，除非我想被村民们浇上汽油点火烧掉。但这个念头始终在我的脑子里挥之不去。我和过去的许多男人一样，梦想着平日能和酒吧里的老主顾们闲聊，周日就和家人们坐在自己的专用桌旁，享用一顿不花钱的周日烤肉大餐。想想就觉得很美好。“是啊，”另一位从广告行业辞职开酒吧的朋友泼了我一盆冷水，“我曾经也是这么想的。但实际上，绝大多数晚上，我都得亲自拖厕所，因为总有家伙翘班。”

然而，对我来说，买酒吧还有别的意义。我申请将农场的谷仓改成餐厅，虽然最终未能如愿，但我仍然希望有个地方能卖掉我们农场自产的东西，以及一打开酒吧的龙头就能涌出我自己做的啤酒。

我还想腾出一个房间，用作俱乐部，在那些天公不作美的日子里，为全国的农民提供一个讨论精神健康问题的场所和一品脱免费的啤酒。我梦想着大家能拖家带狗、围炉而坐，餐厅里供应的全是本地食材，连盐、胡椒和酒都是英国产的。我甚至想禁止供应咖啡和可乐。

我只需要找到一个能实现我这些愿景的酒吧。看了大约1.4万家酒吧后，我终于找到了一处理想之地：一家古老的科茨沃尔德风格酒吧，占地5英亩。我签了买卖协议，这才发现这片地区是个有名的“野战”圣地。从厕所里拍的照片可以看到，隔间的墙上有洞，大尺度色情杂志随地可见，还有那家前冰毒实验室的产品被激情享用过的痕迹。

于是，我去找了西牛津郡地方议会，本来不抱什么希望，结果大出所料，他们竟然非常乐意整顿这个“野战”场所。我的生意梦要成真了。只需要招一个酒保，一个会做火腿、鸡蛋和薯条的人，我就可以撒手不管了。

哈哈哈，我想得真美。在协议上签下大名后，我才发现，此等规模的酒吧如果要运作起来，还需要一个总经理、一个运营总监和一个酒吧经理，以及大约80名轮班员工。有人告诉我，因为脱欧，所有对口的人力资源都跑去了波兰或意大利，而留下来的只有管理人力资源的人。

但在找人之前，这家酒吧本身还有一些活儿要干。例如，地窖太小了，山墙快塌了，屋外的露台很危险，水不能饮用，阁楼里满是死老鼠，厕所还是违建的。

但我们还不能立马动工，因为当我买下酒吧时，我还继承了一个关于婚礼的悠久承诺。几周后，一对年轻夫妇将在这里举办婚宴。

不管怎样，我的酒吧都没办法在冻手冻脚的冬天来临前修缮好，并正式营业了。这意味着我面对的是每周80名员工的工资支出，泥沼般的停车场，以及没有顾客的困境。毕竟，就像人们一遍又一遍告诉我的那样，没人去乡村酒吧了。我觉得情有可原。有些酒吧一进去，你就会看到吧台边坐着三个盯着你的本地人；有些酒吧里全是抱怨胡萝卜煮得不够烂，晚上八点半就要打道回府的八旬老人。这年头想找点儿乐子可不容易，而我想把这些欢乐找回来。我的酒吧里会有台球桌、飞镖，花园里还会有“莎莉大婶[1]”——尽管我完全不知道那是什么。

1　莎莉大婶（Aunt Sally），英国一种传统的多人游戏，流行于酒吧、花园和游乐场等场所。玩家朝一个木制的人形玩偶（传统上通常做成老妇人的形象）掷木棍。作者的农场所在地奇平诺顿就有这种游戏的赛事。

酒吧的角落里还会有一张写着我名字的专属桌子。周日时，我可以带着外孙女坐在那儿，吃着价格公道的本地火腿、鸡蛋和薯条，再配一品脱的鹰石啤酒，心里又温暖又舒服，岂不美哉！

OWL'S HOUSE
CARAVAN PARK
DRY STONE WALL
THE PIGS
ME
WASABI
MY DAM
DIDI

ARM SHOP
THE WOOD
THE SPRING
SHEEPS
JAMES MAY IS A DILDO
THE BEES
THE CHICKENS
SQUAT
THE TROUT POND